Tostonazo

Novela

Santiago Lorenzo (Portugalete, 1964) vive en una aldea de Segovia. Allí busca leña, se hace cafés y churros, construye maquetas y, sobre todo, escribe.

Después de estudiar imagen y guión en la Universidad Complutense y dirección escénica en la RESAD, creó la productora El Lápiz de la Factoría, con la que dirigió cortometrajes como el aplaudido *Manualidades*, un título que daba pistas de su afición a la artesanía pretecnológica y a las maquetas imposibles. En 1995 produjo *Caracol, col, col*, que ganó el Goya como Mejor Corto de Animación. Dos años después se empeñó en estrenar *Mamá es boba*, la historia palentina de un niño algo alelado, pero a la vez muy lúcido, acosado en el colegio y con unos padres que, a su pesar, le provocan una vergüenza tremenda. La película pasó a la historia como uno de los filmes de culto de la comedia agridulce, y con ella fue nominado, para su sorpresa, al Premio FIPRESCI en el Festival de Cine de Londres. En 2001 abrió, junto a Mer García Navas, Lana S.A., un taller dedicado al diseño de escenografía y decorados con el que hicieron tanto muñequitos de plastilina para el anuncio del euro como la prisión que aparece en una de las entregas de Torrente. En 2007 estrenó *Un buen día lo tiene cualquiera*, donde volvía a elevar la historia de una persona para explicar un problema colectivo: la incapacidad, afectiva e inmobiliaria, para encontrar un sitio en el mundo (o un piso en la ciudad, para el caso). Harto de los tejemanejes del mundo del cine, decidió cederle sus ideas a la literatura. Desde entonces, todo han sido alegrías. Con *Los huerfanitos*, tres hermanos que odian el teatro pero que deben montar una obra para salvar sus vidas, la crítica se rindió a su talento y el público lloró de la risa y rio para no llorar. Al calor de ese aplauso, Blackie Books rescató en tapa dura y dorada la maravillosa *Los millones*, novela con un gancho cómico y un golpe más bien trágico: a uno del GRAPO le toca la Primitiva; no puede cobrar el premio porque carece de DNI. Lorenzo se volvió a adentrar en la precariedad tragicómica en *Las ganas*, donde Benito, un tipo más bien feo pero sobre todo desgraciado, lleva tres años sin sexo, por lo que desarrolla un síndrome de abstinencia que influye en cada una de las parcelas de su desdichada vida.

Y sobre todo con *Los asquerosos*, una novela pura, política y lírica; un éxito arrollador sobre un tipo que, como él, vive aislado en una aldea en medio de la nada, y que lleva vendidos más de 200.000 ejemplares.

Ahora, con *Tostonazo*, Lorenzo nos regala su novela más descarada y luminosa, la historia de un joven que se busca la vida y de camino le saca el jugo, aunque esté rodeado de gente con voluntad de impedirlo.

SANTIAGO LORENZO

Tostonazo

Novela

BLACKIE BOOKS
186

Diseño de colección y cubierta: Setanta
www.setanta.es

Calle Església, 4-10
08024 Barcelona
www.blackiebooks.org
info@blackiebooks.org

Maquetación: David Anglès
Impresión: Liberdúplex
Impreso en España

Primera edición: octubre de 2022
ISBN: 978-84-19172-20-4
Depósito legal: B 11615-2022

I

Yo soy de enero de 1993, y de Madrid. Mis padres me metieron en un colegio privado con la intención de que me relacionara con los alevines de las clases dirigentes, llamados a convertirse en dirigentes ellos mismos. A mis padres, el intento no les funcionó.

Lo que sé incuestionablemente es que yo de crío lo pasaba fatal. Todo me disgustaba. Tenía una tendencia al mal rollo descabalada y continua. Sería por las pastillas de vitaminas que me metían por la boca, o porque igual es que a escondidas me untaban de veneno entristecedor los rotuladores que me chupaba. Por lo que fuera. Pero lo mío era una proclividad a la melancolía que hoy me inspiraría ternura si no fuera porque me inspira un trocito de vergüenza.

Sólo un ejemplo de esto que digo. En el colegio, de tradiciones seculares muy arraigadas, nos contaron lo del pecado original de Adán y Eva. Bajo un manzano, ofendieron a Dios. A partir de lo cual, como castigo, todo ser humano quedó condenado al infierno. Era este un lugar de fuego real, no metafórico. Un suplicio calcinante que duraba la eternidad, así descrita: cada siglo, una paloma pasa y roza con su ala una esfera de platino del diámetro de la Tierra. Cuando la bola se haya desgastado del todo por la erosión del pájaro, entonces *empieza* la eternidad.

La condena automática se arregló con la llegada del Mesías. Él nos salvó al instituir el sacramento del bautismo, el que borra el pecado original. Ahora bien, durante todo ese larguísimo lapso de tiempo oscuro (tramo nuestros primeros padres | Jesucristo), todo bicho viviente halló el mismo destino tras su muerte: el infierno quemador, sin posibilidad ninguna de redención.

Aquello era una suerte de la que debíamos alegrarnos nosotros, los post-Cristo bautizados. Y que, tristemente, no habían tenido los nacidos antes de la llegada del Salvador. Entre las negruras de mi naturaleza tragicona, yo encontraba gran consuelo evaluando la gran potra que había tenido con mi fecha de nacimiento.

Con estas nociones en la cabeza, abrí un día un Astérix, que me gustaba copiar los dibujos. Leí eso de que lo que se iba a contar ocurrió exactamente en el año 50 *antes de Cristo*. Lo cual significaba que esos muñequitos tan alegres iban a ir derechos a la llama eterna. El momento fue horrible, porque a la mayoría de los habitantes de la aldea gala no les veía salud como para aguantar entre los vivos los cincuenta años que quedaban hasta el nacimiento del Hombre (más los treinta y tres que aún pasaría Él hasta el sacrificio redentor del Gólgota: una prolongación muy improbable). Tan contentos en las viñetas, comiéndose el jabalí, vaya destino funesto el que les esperaba.

Qué angustia me tragaba yo, espantado de compasión y de ganas de salvarlos. Cuánta desesperación por lo que se les venía encima y por la injusticia flagrante que se derivaba de haber nacido ellos demasiado pronto. Se lo conté a un niño y se puso a llorar peor que yo. Ahogado de culpa por la que había preparado, no volví a hablar del caso con nadie, y yo me reconcomía solo y sin alivio.

Entre congojas como esta y otras similares, así empezaba yo mi vida, con unos berrinches secretos y unos sufrimientos solitarios muy pesarosos. Y con unas expectativas de felicidad muy, muy limitaditas. Según pasaban los años, por otro lado, la casa paterna era cada día mayor tormento. Debía abandonarla aunque fuera cavando túneles.

Con estas bases, la aflicción sufriente me fue a más. Y ya de joven me apegué al trago. Una afición con visos de profesionalización, a juzgar por el número de horas que le echaba. Cualquiera que me hubiera visto de niño llorando arrasado, cualquiera que me hubiera visto de joven bebiendo, debió de pensar: «Este pobre será un desgraciado toda su vida».

Pero qué va. Yo iba para alcohólico. Pero me metí a trabajar en el cine.

2

Todo empezó el lunes 7 de noviembre de 2011. Fue en el bar Primi, un local indescriptible situado en el número 3 de la calle Estrella de Madrid y que desapareció hace años. Yo me estaba duchando por dentro a base de orujo blanco, un destilado que se había convertido en mi bebida predilecta por su potencia de impacto y por su precio asequible. A nadie le gustaba el orujo blanco. Entonces, un sujeto llamado Ramón Reboredo pegó la hebra conmigo, porque estaba bebiendo el mismo licor de poca demanda que yo.

El hombre llevaba encima bastante sorbo, mucho. Me contó su vida entera con la lengua reptando. Entre su parloteo, yo atiné a incrustar el lamento de que no tenía trabajo ni dinero, y sí muchas ganas de echar a andar por mi cuenta. Como él veía que yo le iba escuchando con atención, le entró el arranque de la camaradería solidaria y me dio la dirección de un piso en el barrio de Salamanca. Me dijo que era la sede de una productora de cine en la que él tenía nombre. Que fuera para allá de su parte, que estaban para rodar una comedia y que seguro que me daban curro.

Una gárgola de barra, tipo Ramón, nunca aporta una ayuda plausible. Pero, sin más que hacer, me presenté en la empresa al día siguiente. Se llamaba Relatora Films. En recepción me habrían echado a bofetones, porque era seguro que lucía una cara de buscavidas muy mosqueante. Pero supe dar mil datos sobre Ramón (los de la brasa que me había metido por la noche) y debieron de pensar que era por lo menos sobrino suyo, así me conocía su vida. Contemporizaron.

Me detallaron las condiciones, que habría aceptado en cualquier caso. Me comunicaron las fechas de comienzo y fin de contrato, me hicieron la ficha y me dieron de alta. Yo sería *meritorio de producción*. Hice como que sabía qué era eso y me volví para casa. Estaba a dos meses y un poco de cumplir los diecinueve.

Según supe algún tiempo después, Relatora Films vivía por entonces un momento propicio. Había entrado con un 7,5 % en la financiación de una película holandesa de presupuesto transnacional. Iba sobre el viaje que el joven Johann Sebastian Bach emprendió en 1705 para conocer a su admirado y ya anciano Dietrich Buxtehude. Un periplo que el animoso Bach hizo a pie. De Arnstadt, punto de origen, a Lübeck, la meta, hay 400 kilómetros que el compositor se pateó a calcetín.

La historia, un poco babas, estaba pensada para caerle bien a todo el que se pusiera por delante: un toque cultural, una figura universal cuyo nombre le suena a todo el mundo. Un personaje cuya obra se percibe como la santa comunión en salsa romesco, incluso para aquel que no se haya tropezado con una sola fusa suya en la vida. La colección de patrañas que se pergeñaron en torno al mozo de veinte años que se lanza a la aventura (y de quien ya se presiente su talento descomunal) fue muy extensa. Al senderismo del siglo XXI (activo o de mera ensoñación) le sedujo el aporte de un precedente dieciochesco, y la cinta captó a excursionistas, cicloturistas, peregrinos y lectores de suplementos de viajes.

Los guionistas se sacaron de la manga una historia de amor con una muchacha primordial de la foresta, a mitad de ruta.

En el filme, Bach no la olvidará nunca, ni siquiera mientras abona la cepa de su veintena de hijos. A favor de la película, además, operaba la moraleja de que quien se levanta de la silla y emprende la tremenda caminata (Bach) va a quedar como un genio de mucha más trascendencia que quien espera tiradazo en el butacón a que le vengan a ver (Buxtehude).

La película funcionó bastante bien, y en varios países. Un pelotón de espectadores entusiasmados se lanzó por mímesis a los caminos. A muchos hubo que ir a rescatarlos al hostal en el que les quitaron el dinero, al arcén en el que los atropelló un tractor y al merendero donde los intoxicaron. Pero Relatora se afianzó como compañía.

El rodaje en el que aparecí por arte de orujo comenzó un lunes, como es habitual. Fue muy a finales de noviembre, y en el Parque del Oeste. Duraría nueve semanas, ocho en Madrid (con alguna salida al campo) y una a medias en Teruel. Un meritorio de producción es un chico para todo que se desempeña en el rango más bajo del organigrama. Un aprendiz de remuneración medio invisible que está para ir a buscar unos caramelos, colocar unas vallas de acotación, parar el tráfico entre el «acción» y el «corten», sujetarle la sombrilla a un actor... Cargar bultos y descargar fardos. Arrastrar mucho carrito de transporte, que sin ruedas no hay rodaje.

Los actores no me sonaban. Pero no por nada, sino porque yo no había ido al cine apenas nunca. Del director sabía menos todavía. Se llamaba Nacho Tiedra. Tenía entonces treinta y cinco años. Al parecer, había rodado unos cuantos cortometrajes exitosos. Aparte de director, era también el autor del guion. Le había puesto un título que a él le gustaba mucho pero que no convencía en Relatora. Por ello, el nombre de la película estaba todavía sin decidir al comienzo del rodaje. Se barajaban varios provisionales, en la idea de que avanzar en la filmación acabaría por destacar uno de ellos. Por lo pronto, y mientras el guionista abogaba por el suyo, al proyecto se le llamaba *Corolenda*, por denominarlo de alguna manera. Era un apodo cariñoso sin significado alguno, surgido de modo natural por la deformación que el uso constante produjo en el título original de Tiedra. A él, que su texto hubiera generado un sobrenombre familiar se le hacía muy emocionante.

El empleo reveló cómo se me estaba pudriendo hasta entonces la salud. Todo se me hacía agotador. Menos mal que sólo me dolió durante los primeros días. Luego las jornadas devinieron en mera fatiga. Pero achacable a la carga de trabajo, y no al desengrase de años de estatismo y copaza continua. Pronto cogí el ritmo. Me gustaba estar curándome con sólo estar haciendo algo útil. Dejé de beber. Ya no hacía falta.

Hablando de beber. Al beodo Ramón Reboredo sólo me lo encontré una vez en el rodaje. No creo que asistiera mucho más, tanto orujo blanco. No se acordaba de mí. Pero yo ya estaba enrolado y dentro del proyecto.

Muchos de los compañeros se conocían desde hacía años. También los de mi escala laboral, a pesar de ser tan jovencitos. Yo estaba rematadamente perdido. Era un advenedizo que se reía de los chistes privados ajenos, que evidentemente no entendía. Oía palabros de jerga (*fresnel*, cuña, *panó* —¿?—) que me dejaban tiritando. Por suerte, mi rango no llegaba a la especialización mínima y casi nunca me los soltaban a mí. Pero sí a veces. Disimulé bastante mal que no sabía por dónde me daba el aire y creo que protagonicé comedia involuntaria variada a base de bien.

A alguno del equipo le cogí menos la onda. Un par de ellos me caían un poco mal. Pero, principalmente, el grupo técnico y artístico estaba compuesto por gentes bien amables que habían superado el trance de novatería en el que yo nadaba. Me dejaron claro desde muy pronto que pasarían por alto mis despistes, que harían la vista gorda con mis errores y que pondrían todo de su parte para enseñarme lo que ellos supieran. Lo agradecí muchísimo. Me daban ganas de inclinarles la cabeza a todos, y sólo algunas veces me acordé de no hacerlo, que quedaba muy rarito.

Creo que puedo recitar de memoria el nombre y el apellido de todos los miembros del grupo aquel. Lo chulo era que cada quien tenía una historia concreta, asombrosa, esperpéntica, angulosa, particular. Llegaban a rodaje con unos previos biográficos mejores que cualquier historia de las que con su trabajo contribuían a contar en imágenes. Todos sin excepción eran personas muy de currar a tralla, con fortaleza de músculo y eficacia de cerebro.

Se concibe a los del cine como un grupo de volados más confiados en la providencia y la informalidad que en la técnica y en las matemáticas. Yo sólo me encontré a gente cartesiana, cuadriculada y puntual, con un sentido de la disciplina que nada tenía que ver con la vida muelle y la indolencia que se presume entre los del gremio. Lo que yo vi fue un organismo de eficacia penetrante, calmada y portentosa que tiraba por tierra los tópicos acerca de la chapuza endémica española. Aquello parecía un equipo de natación sincronizada, sólo que mucho más grande.

Funcionaban así por efecto de una vocación santificadora, no se niega. Pero les inducía a su perseverancia, también, la certeza de que el buen fin de un proyecto presente aseguraba más o menos una plaza en el siguiente. Esa idea se me quedó en la mente. Me obsesionaba con la noción aquella de que, en el cine, ensartar un rodaje con otro dependía del relieve que cogiera la película en la que uno hubiera trabajado antes.

Me entró la prisa por que *Corolenda* saliera bien, que alegrara a sus promotores, que encandilara a las audiencias. Que volvieran a llamarme para trabajar. Me quería quedar en el oficio porque vaya trabajo gustoso. Pero también porque quería pasar mi vida entre gente así. Por mi parte, ínfima, trabajaría de firme para que *Corolenda* resultara lo mejor posible. Para mí, recién llegado al cine, con mi CV sin nada de tinta, era de capital importancia que *Corolenda* quedara bonita.

3

El segundo lunes de rodaje llegó al set un sujeto al que no vi durante la primera semana. Estaba a poco de cumplir los treinta y cinco. Era de ver hasta agradable. Lucía buena complexión, pelo tupido, rasgos bien trazados. Discreto de atuendo, le caía bien la ropa. No era de gritar, ni de reír molesto, ni de estornudar a la cara.

Ese era Sixto. Sixto Arias Rivero. Pocas personas, apenas nadie, me han interesado tanto como él.

Desde que llegó esa mañana, Sixto se acopló al director Tiedra. A quien trataba con una cordialidad de trasfondo frío y con una camaradería de esencia desconfiada. Las labores continuaron. El director daba sus indicaciones. Hasta ahí todo normal. Acto seguido, Sixto era el que las matizaba, las contradecía o hasta las anulaba. Tiedra ponía cara de que vale, de que no eran sus ideas pero que no le parecían mal, de que las aprobaba y de que bueno, para adelante. Por mucho que se esforzara en disimularlo, el director vivía en la contrariedad todo el tiempo.

El Sixto este puenteaba a Tiedra con toda desfachatez. En ocasiones lo obviaba del todo. Agarraba el camino de lo que es tomar a alguien por el pito de un sereno. En mi ignorancia, suponía que es que esto del cine iba así, con un director puesto para figurar y un hombre decisivo que era el que de verdad tenía la película en la cabeza. Pero no. No es que haya grandes regiones de libertad en el cine (en pocos sitios las hay). Pero este inmiscuirse me sonaba raro hasta a mí, que acababa de llegar como un verdadero analfabeto en la materia.

Me intrigaba esa figura. Durante los siguientes días, picando de aquí y de allá entre los veteranos, tuve ocasión de trazar la biografía somera de Sixto.

Estaba casado y tenía dos hijas pequeñas. Había nacido en Madrid, donde siempre había vivido. Estudió en un colegio del barrio de Hortaleza. Acabó la enseñanza media, muy accidentadamente, a finales de los noventa. Se matriculó en Historia del Arte, con la idea de tirarse por la especialidad de Medieval. Allí marró. Tropezó entre el tercer y el cuarto curso, que no superó. En vez de presentarse de nuevo, Sixto lo dejó estar. Durante varios años, de hecho.

Al fin se dio cuenta de que la carrera que había elegido no era para él. El canecillo y el arbotante no le abrían el campo en el que él quería indagar. Donde Sixto iba a estar bien, a tener un futuro nutriente, aprovechado, placentero y pleno, iba a ser en la vaina de la comunicación. Un área en la que podría investigar sobre la interioridad de las personas, impactar en la construcción de las opiniones y proponer verdades a los cuatro vientos. Las inquietudes de sus contemporáneos, el pensamiento colectivo. Eso era lo que de verdad le motivaba.

Le había gustado mucho mirar revistas de cine, con sus críticas, sus fotos y sus reportajes. Y también lo que salía en la tele sobre los estrenos, los rodajes, las entrevistas. La onda mítica, esa se la tragaba toda. Le había encantado leer anecdotarios de cineastas, declaraciones chispeantes, incidencias entre actores, memorias de productores y técnicos. Le habían entusiasmado el Hollywood dorado, el París de la *nouvelle vague*, los neorrealistas con sus gabardinas y otros momentos del siglo fílmico muy bien vendidos. Había pasado tanto tiempo fantaseando sobre una agitada vida de imaginación y acción, de soledad inspirada y masas encandiladas, que había decidido que tenía que convertirse en cineasta.

Se matriculó en la Escuela de Cinematografía y del Audiovisual de Madrid, con las miras puestas en el guion, la dirección, la producción o las tres cosas a la vez. Para entonces ya sacaba seis años al segundo alumno más mayor. En clase no le iba mal. Estaba acabando primero cuando la providencia vino a verle.

Guillermo era el propietario de Relatora Films, la productora de *Corolenda*. Se contaba de él que, como todo el mundo, y según días, el hombre había estado ebrio y sereno. Se le vio de ennoviado, de soltero, de picos pardos, casadísimo y divorciadísimo. Había sido hijo y era padre. Se le conoció de rico y de pobre. De empresario y de asalariado. De fiesta y en laborable, arrendador y arrendatario. Y jamás dejó de tener la misma cara de triste. Si hubiera sido una botella de champán habría que haberle sacado el tapón con un sacacorchos.

Los buenos resultados de lo del Johann Sebastian andariego, con su 7,5 % en el zurrón, le habían abierto vías de crecimiento comercial. El momento era dulce. En 2011 estaba produciendo tres títulos a la vez. Uno de ellos era *Corolenda*, un compromiso viejo, anterior al éxito de lo de Bach. Dos años antes, Relatora había acordado su financiación con una televisión privada. Ahora Guillermo habría exigido más pelas y mejores condiciones. Pero los papeles ya estaban firmados, con un presupuesto cerrado (bastante exiguo) y la obligación contractual de entregar la película antes del 31 de diciembre de 2012. Él emprendió la producción. *Corolenda* no era, desde luego, su hijo más querido. Ya se le iba notando.

Ese año de buenas noticias para Relatora coincidió con el primer curso de Sixto en la Escuela. El jefe Guillermo (Arias

Rivero) era el hermano menor de Sixto, el estudiante maduro que había descubierto su verdadera vocación en el filmerío.

Para soltarse un tanto de *Corolenda*, Guillermo lo nombró *Delegado de la Producción*, así formulado, con atribuciones no demasiado claras. Iría arropado por personal fijo y contratado de la empresa, que para entonces ya lo tenía todo bastante organizado. Pero Sixto quedaba como vicario de su hermano en el proyecto. Causó baja en la Escuela de Cine, con lo que pudo entregarse del todo a su nuevo cometido profesional.

Sixto se había tomado lo del Delegado de la Producción por donde había querido. Estaba como de supervisor, algo así como de controlador, de inspector, de chequeador general. Lo que no tenía sentido era que se le proveyera de derecho a opinión, a decisión, a veto, a arbitrio, dotándosele de una autoridad que no tenía cimiento. Pero el puro neófito se iba haciendo con potestades cuya conveniencia u oportunidad, fuera del productor, no veía nadie por ningún lado.

Se decía que Guillermo había decidido meterle por echarle una mano fraterna. Y porque así se sentía como Napoleón cuando repartía Europa entre sus hermanos, reyes de nueva estirpe. Habría motivos más profundos, seguro. Pero sólo fue más adelante, caminandito el tiempo, cuando afloraron. Aún faltaban años para que los conociéramos. Eran dos.

Yo veía al director esquinado todo el tiempo, haciendo esfuerzos por librarse de Sixto. Quien exhibía lo aprendido en la Escuela de Cine dando indicaciones a actores y a técnicos y que todo el tiempo rozaba con Tiedra a cuenta de dónde había que colocar la cámara, de que si había que despeinar más a una actriz o de que si convenía cambiar esta línea de diálogo. Decía mucho lo de: «Eso no lo van a entender, que la gente es tonta». Era su argumento para desbaratar las propuestas del director. Parece una exageración, pero así era.

Actuaba como si entendiera que la película iba a mejorar

indefectiblemente si sus ideas entraban, modulaban la cosa, rizaban el rizo. Por un descabalgue frente a la realidad muy particular. Vivía amarrado a la convicción de que venía a ayudar, a aportar, a embellecer y a realzar esto de *Corolenda*. Mecanismos de la narrativa, resortes de las emociones, contrapesos del relatar, a todo hacía. En su bagaje no traía nada fabricado, redactado, construido, modelado ni imaginado. Pero se adosó al director Tiedra. Porque estaba determinado a que, al propio director, su propia película *le saliera bien*.

Aseguraba madrugar mucho. Pero aparecía en el set media, una hora tarde, pretextando dolencias que le sonarían de haberlas oído en películas. Que si el embote coronario, que si la fiebre de Malta, que si el dengue, que si la filoxera. Es muy probable que a Sixto sólo le picaran la calentura del sueño y la luxación de la vagancia. Pero endosaba sus achaques, primero, sanaba por bálsamo milagroso, después, y se ponía a organizar irradiando salud, poco más tarde. Cómo dormiría este.

Tiempo después tuve ocasión de enterarme de que sus chapas venían desde las fases previas a la filmación. Desde la de edición de guion, al menos. Según me contaron, en el cine es habitual hacer lo que se llama «desarrollo». Consiste en agarrar el guion y ver de mejorarlo, de perfilarlo bien y de sacarle punta a las situaciones y a los diálogos, antes de empezar a gastar pasta en rodar y montar. En Relatora Films, Sixto se tomó esto al pie de la letra. Debía de ser que los guiones que él estaba escribiendo (escribía mucho) no progresaban. Poner pegas a un texto que un autor legítimo sí había conseguido acabar le debía de calmar las ansias creativas. Le ayudaba a relativizar los escollos que encontraba componiendo la obra propia.

Era difícil hallar sentido a sus propuestas de cambios. En *Corolenda*, por poner un ejemplo, había un personaje que hablaba a través de un portero automático. No se le veía, sólo se le oía. Sixto exigió que ese personaje fuera argentino. Aseguraba que así resultaba más gracioso, sin que atine yo a saber por qué. Tampoco el director, por otro lado. Todo era así. Que una secuencia de día fuera de noche, que una de exterior fuera de interior, que la página 28 pasara a ser la 39 y que la 39 se tirara a la basura para hacer sitio a la 46-b3 (no 47). Todo a manos de un tipo que no sabía contar un chiste en un bar.

La práctica de los cambiazos no cesó porque se empezara a rodar. Lo cual hacía cada vez más intrincado el saber qué se estaba filmando y cómo se iba a ordenar, en el ánimo de conjuntar un algo inteligible.

Las modificaciones no aportaban nada. Pero a Tiedra, los cambios continuos le recordaban constantemente que nada de lo que él hiciera tenía por qué permanecer. Nadie sabía a qué venían propuestas inanes que no mejoraban el contenido, y que parecían lanzarse para remarcar la dominación del pagador hacia el empleado. Tanto vaivén con la letra tenía que quebrar el ánimo del más templado. Supongo que Tiedra llegaba al rodaje cada mañana habiéndole cogido un progresivo asco muy poco fértil a su propio texto.

Se contaban sucedidos que más parecían envites de Sixto para ver hasta dónde podía aguantar el director. Un domingo, a las seis de la mañana, el Delegado le llamó desde un bar y sin dormir porque encontraba cachondísimo que en una secuencia apareciera un sidecar rosa cruzando el cuadro. Los atrecistas hacían malabares con el dinero para estirar un presupuesto que era antes pobre que mediano. A ver de dónde iban a sacar un sidecar. «Si consigues dinero de tu hermano para alquilarlo, adelante», dijo Tiedra. No se volvió a hablar del tema, claro. Pero el director pasó su domingo de libranza comiéndose la cabeza con el tema de por qué no importaba despertarle en su festivo tras toda la semana de trabajar a lo burro. De por qué recibía un trato tan perjudicial.

Otro día, rodando en una piscina, Sixto poco menos que le

llamó mariquita por negarse a ordenar a dos actrices secundarias que mejor interpretaran en *top-less.*

Una tarde de clima desapacible, enrollando yo cables por orden del jefe de eléctricos, llegué a pillar un diálogo entre el Delegado Sixto y el director. Me alegré de no dirigir.

—¿De qué color ves tú esta historia? —preguntaba Sixto—. No la luz, no el decorado: la historia.

Tiedra, acojonado, a ver qué decía.

—Eh... ¿Rojo...?

—No me contestes con un color. O mejor, no me contestes. Más bien, pregúntate: ¿por qué no la veo amarilla, o verde, o azul?

Este era Sixto.

Era la suya una impertinencia que él tomaba por sinceridad, forma de corrupción de la conducta muy frecuente entre personas que se sienten superiores pero que se intuyen inferiores, y con la que aspiran a nivelar sus decalajes. En ocasiones llega alguien con un relato que ha hecho, con un tema de composición suya, con un cortometraje que acaba de estrenar. Algunas veces es un asco, que no se sostiene por mal escrito, que suena a canción gastada, que es ininteligible hasta con un rapsoda en la sala de proyección, respectivamente. Supongo que redactar un cuento, armar un tema o filmar una película es arduo, que se tiende a fallar, que se ahoga uno en pautas innecesarias. Las más de las veces, el artífice presenta sus cosas con loable miedo, y pide opinión. Hay socorridas fórmulas para mentir piadosamente a la hora de dar la estimación que se solicita. Están la de «En tu microrrelato, lo que tiene que ser blanco es blanco y lo que tiene que ser negro es negro», la de «Hay una gran coherencia entre tu música anterior y esta» y la de «Tu cortometraje es un juego de espejos».

Sixto, no. Sixto expandía opinión a catapulta, guarecido en la falacia de su franqueza y su falsario ir con la verdad por delante. Devaluando lo que hacían los demás, ecualizaba su impericia, su pasado desértico y su no llegar. Así enrasaba sus potencias con las del vecino, sin venir a cuento, como lo hace quien sabe que en el fondo no gana a nadie a nada.

4

Tiedra estaba casado con una mujer bien agradable, con la que tenía dos hijos. Se llamaba Mónica. El director había conseguido meterla en el equipo de cámara, que era el departamento en el que estaba especializada. Entró de auxiliar, escala media | baja. Era muy buena en lo suyo, y habría merecido mayor rango. Pero ni Tiedra ni ella estaban como para grandes demandas.

Mónica y yo hicimos migas. Ella, por matrimonio, estaba muy al tanto de cómo le estaban comiendo la merienda a su marido. Se desahogaba conmigo. Y me contaba sobre Sixto, a quien tenía cierto acceso. Me lo monitorizaba, con pormenores y detalles. Por eso sabía yo tantas cosas de él y de sus evoluciones. Me fascinaba ese tío.

Ella era estupenda. Me ayudó mucho, me enseñó más. De joven viajé algo a ciudades hermosas. Sevilla, Granada, Toledo. No hubo lugar al que llegara como visitante que me dejara más lelo que el del cinerío este. Todo el equipo intentaba integrar a los nuevos, pero Mónica fue mi maestra mejor. Me contaba muchas cosas, todas inútiles fuera del set y sus estribaciones. Recuerdo la mayoría, porque las fui anotando en una libreta de espiral. Aquí van algunas, que me pone de buen humor recordarlas:

Por ansias de exactitud, en el cine nunca se queda «a las 10». Sino siempre «a las 10 *de la mañana*», insistiendo en la puntualización. Por si a algún gamba se le ocurre aparecer a las 10 de la noche.

Un guion que se quiere endosar a una productora se presenta en letra Courier de 12 puntos. Otra fuente y otro cuerpo quedan de novatos. Siempre se manda en papel, para que el libreto | cachivache incordie con su presencia sobre la mesa del eventual productor. Antes de enviarlo, los guionistas avezados pegan dos hojas del texto con un ligero roce de pegamento en barra. La productora suele devolverlo con un NO. Pero el guionista, mirando si las dos páginas siguen pegadas, al menos puede comprobar si en la empresa siquiera lo han leído.

Los de fotografía estudian la luz hasta cuando el semáforo pasa de rojo a verde o hasta cuando encienden un mechero para fumarse un cigarro.

A los de sonido, fuera de horas de trabajo, el silencio profundo los desquicia. El mismo que a los demás nos tranquiliza.

Al departamento de escenografía y decorados se le llama «arte». Los que se quieren tirar el folio de cosmopolitas, al arte lo llaman *Production Design*, en una muy inoportuna traslación del inglés.

A los focos se los llama «los faroles» o «los dragones». A los rieles del trávelin se le dice «la RENFE». A la cámara, «la ametralladora». Al acto de operar con ella se le llama «tirar», como si al hacerlo se estuviera abriendo fuego contra algo, contra alguien.

PPR. Suena a tecnificación especializadísima. Sólo son *p*inzas *p*ara *r*opa, tan humildes. Pero que se usan en el cine para una increíble infinidad de cosas.

En el set se viste muy de oscuro para que nadie refleje con su ropa ni un rayito de luz indeseada mientras se tira.

El director paga una ronda el día en el que se rueda la toma 1 de la posición 1 de la secuencia 1, como dicta la claqueta. El operador, lo mismo cuando va la toma 2 de la posición 2 de la secuencia 2.

Un mueble, una peluca, una taza nunca se tocan, porque todo puede estar allí porque va a ser filmado.

Jamás se pisa un cable. No porque vayan a volar los calambrazos, sino para demostrar concentración y para confirmar que se sabe por dónde se está pisando.

Queda terminantemente prohibido pasar por delante de la cámara si no hay un motivo ineludible. El trasto siempre tiene que estar a disposición de quienes sí deben mirar por su visor (para saber qué hay delante, para saber qué se está haciendo). A quien cruza por el frontal, por mucho que el tótem no esté rulando, se le puede tratar como el intruso que es.

Los actores que pueden llorar automáticamente a una orden del director conforman la aristocracia del cine.

Los localizadores son los que buscan escenarios posibles para rodar. Gente que se lanza a la calle al flaneo puro y duro, felices andarines de suela gorda que cobran por esparcirse por las aceras. Siempre se les ve aireados, con buen color y un poco derrengados de rodillas.

Un rodaje es como un tornado. Sólo hay una ley inmutable en el cine: nunca hay que prestar la casa para rodar.

En los manuales se enseña lo que es un plano americano (el que coge a un actor por debajo de las rodillas). En el mundo real se ha inventado el plano boliviano (el que coge al actor a la altura de las bolas).

Durante décadas, millones de hombres y mujeres de todo el planeta han quedado erotizados por los rostros y los cuerpos que salen en pantalla. La cosa es que los actores, desde el más novato al más experimentado, interpretan siempre con un nudo de nervios en el estómago, porque estar allí es muy comprometido. El estrés gástrico genera un pésimo aliento. Se ve el cine de otra forma cuando sabes que la boca más apetecible de un actor o de una actriz, objetos de deseo, despiden en ese preciso momento una fuerte fetidez nada sensual. Mientras uno codicia embobado a Lana Turner, a Jane Fonda o a Johnny Depp, ellos matan mosquitos con sus exhalaciones.

Contra lo que dice el tópico, es prácticamente imposible ver drogas en el set. Y muy difícil encontrarlas en horas inhábiles, que mañana hay tarea. Con algunas excepciones, los de la banda son más divertidos sin golosinas. Entre el equipo circula en general un perfume a cachondeo empático, de ese que queda realzado por la confianza en el de al lado (de eso hay carretadas enteras) y por el terror a fallarle (de eso también).

Cuando dos del cine se encuentran por la calle, en un bar o en un estreno, se dicen «quedamos a comer la semana que viene, llámame». Lo que, traducido, significa «no vamos a quedar, seguramente, pero sigamos de buen rollo por lo que podamos necesitar el uno del otro el día menos pensado».

Por cierto: la *fresnel* es un tipo de lente para focos. Una cuña es una pieza de madera para calzar las vías de un trávelin. Un *panó* es una plancha de contrachapado que se usa como soporte para construir decorados.

Esas eran las cosas que uno aprendía, de su mentora Mónica y de sus mentores todos. Son pariditas, pero me sonrío bobo cuando me acuerdo de estos palabros y de estas costumbres. Cuando me acuerdo del oficio. Yo había entrado en lo del cine de carambola. Porque me estaba bebiendo unos orujos blancos en el Primi de la calle Estrella y porque necesitaba empezar a ingresar algo de pasta. Pero estar rodando era fantástico. Se me daba bien, qué sorpresa, y las horas (muchas) se me pasaban volando. Hacía de todo: conducir furgonetas, guerrear con la informática, mi poquillo de cocina, manejar la mano izquierda, lidiar con pinturas y con emplastes, leer en catalán, remendar ropa, encararme con unos macarras, frecuentar ferreterías, entender al sol iluminador, a los voltios corriendo por los cables, al IVA de las facturas, repercutiendo y devengando.

Era consciente de que, de largo, estaba pasando los días más impactantes que había vivido hasta entonces, entre el sueño, el aprendizaje, el friorro helador y una comprensión y una paciencia que yo no merecía, pero que todos me dispensaban. Si estaba agotado, que lo estaría tras horas y horas de brega, no lo notaba (para entonces, yo ya era un *cansado asintomático*). Estar en el cine era encontrar lo que se busca en el orujo blanco y que el orujo blanco apenas llega nunca a proporcionar. Era ser orujo blanco, no el que se lo bebe.

Redoblé esfuerzos, me multipliqué, me deslomé a favor de obra, por si acaso la eficacia de un meritorio, improbablemente, ayudaba en algo. Porque todo debía salir bien para empalmar después con más trabajo. Si la película quedaba hecha una chufa, si nadie iba a verla, no sé cómo iba a procurarme yo un enganche para seguir en lo del cine. Que funcionara el film, por favor. Que yo tenía que vivir metido en aquello. Que si no, a ver a qué me iba a dedicar yo, gran ignorante, para rellenar la tripa.

Quería entrar, permanecer y jubilarme en el oficio ese de madrugones, concentración e incertidumbre. Tras las primeras semanas de rodaje (fragancias a plástico caliente, temor aterido, sudor fresco, maquillaje fundido), yo estaba plenamente conquistado para una labor que, por colecciones enteras de razones, me tenía sorbidito el seso. A esas alturas yo ya estaba convencido de que quería eso para mi vida. Ya me había dado cuenta de que incrustado allí uno era, básicamente, feliz.

La verdad era que no estaba nada claro que, con las siniestras intromisiones de Sixto, *Corolenda* llegara a culminar siquiera su fase de rodaje. Como para además pretender que fuera a alcanzar la mesa de montaje. O la sala de estreno. Como para encima aspirar a que alguien se comprara una entrada para ver la película. Estaba condicionando mis pobres posibilidades de quedarme en el cine un tío que ni sabía de mi existencia, porque jamás reparaba en mí.

Lo acabaría haciendo. Pero sólo después de que transcurrieran varias semanas, ya en enero, durante una jornada festiva e inquietante.

5

Rodábamos una secuencia en la zona de camarotes de un barco fluvial, en un embalse de Madrid. Sixto llegó prominente y se empeñó en que la escena debía desarrollarse en la cubierta porque quedaba mejor así. Ya le avisó el de sonido de que el ruido del motor de gasolina impedía una toma de audio decente si se rodaba fuera. Ya le recordó el director que toda la película iba en audio directo. Ya le advirtió el de arte que la cubierta no estaba atrezada porque el tiempo disponible se había empleado en decorar el interior designado. Ya le explicó el de fotografía que todos los faroles estaban en los camarotes y ya convenientemente situados.

Ya dijo Sixto que eso se arreglaba dirigiendo los micrófonos bien. Ya dijo que el diálogo que quedara con ruido se podía doblar. Ya dijo que se colocaran cuatro chismes en cubierta y que con eso bastaría. Ya dijo que si se rodaba fuera sobrarían los faroles.

Entre que se le intentaba convencer de lo evidente y entre que él intentaba explicar sin conseguirlo por qué había que sacar al aire la acción, la escena se rodó. En el interior del barco. Se tomaron los planos entre sus protestas y sus caras de perro. Que de algún modo debieron de quedar prendidas en el metraje, como tantas veces ocurrió en otras zonas de la película. Se chivó al hermano productor, que al día siguiente hizo acto de presencia en el set como si viniera a vigilar un examen en un colegio. Cosas así comprometían la gracia de los actores, la agilidad de los técnicos, la paciencia y el entusiasmo de todo hijo de vecino.

Ya dije que *Corolenda* era una comedia. Una de esas de las que se espera buen humor y compaginación humana. El hecho de que un tipo con una biografía tan dramática, con su capacidad para atraer el malestar, con su pericia para hilvanar estupefacción; el hecho de que ese hombre estuviera dando indicaciones firmes sobre cómo poner en pie una película de este género, secundado por un hermano menor que tenía menos gracia todavía... Eso era algo que causaba una contrariedad majestuosa. Porque ver a Sixto queriendo organizar lo cómico, cada día más desnortado e infeccioso, aquello era una comedia en sí mismo.

Todos rehuíamos a un tipo que siempre venía a importunar («Quería ser el factótum de un negocio que consiste en entretener. Y era un plomazo como la copa de un pino»). Las soluciones del Sixto incesante aportaban enjambres de problemas.

Fuera de lo desagradable que era verle en acción, yo seguía embrujado por todo lo que pasaba en el rodaje. Tampoco tenía que cruzármelo mucho, y menos tratar con él. Me centraba en lo mío y seguía maravillado con todo lo que ocurría en la cancha.

El panorama todavía mejoró cuando llegó la cuarta semana de rodaje. Nos íbamos cinco días a Teruel, a tirar en las calles y en la catedralita mudéjar. Para allá que nos fuimos, en una fila de camiones, furgonetas y coches que parecíamos un tren de mercancías cruzando la estepa.

Qué infantilmente excitante se me hizo lo de dormir en un hotel con los camaradas. Por entonces ya estaba extendida la práctica de que cada cadena hotelera señalara olfativamente su identidad de marca con un ambientador determinado. Mi napia se topa a veces en mis excursiones por ahí con la fragancia del establecimiento en el que nos alojamos durante la semana teruelana. Campanada de nariz. Mucha nostalgia. Latigazo de recuerdos guapos.

La ciudad nos recibió con toda su amabilidad. Todavía era inusual ver un rodaje fuera de Madrid o Barcelona. Se estableció muy buena conexión con los turolenses.

Allí llegábamos para rodar varias partes. Una era una secuencia que transcurría durante una congregación de paisanos muy enfadados, agolpados ante un edificio público para pedir cuentas al subsecretario de una consejería. Como Tiedra sabía, la escena sería más eficaz cuanta más masa humana compareciera. Se había elegido como localización la plaza de San Juan, una explanada de dimensiones importantes.

Corolenda no llevaba un presupuesto estratosférico. Su producción había sido pactada con la televisión financiadora antes de lo de Bach, cuando Relatora aún no estaba para grandes exigencias. Pero el rodaje había levantado en Teruel una hermosa ola de curiosidad y simpatía. Dos de producción pensaron que no sería descabellado proponer a la ciudadanía la asistencia al rodaje como figurantes voluntarios, sin remuneración. Se invitaría a la concurrencia al café y a los bollos del cáterin. Sólo serían dos horas, de nueve a once de la mañana. Como acicate, además, se rifaría una estancia de un fin de semana en Madrid entre quienes acudieran, en colaboración con una agencia de viajes local. La idea estaba bien planteada, porque a mucha gente del municipio le ilusionaba salir en la cinta.

Se propuso que Sixto se encargara de la convocatoria. No sé si se le solicitaba para que justificara su estadía en la filmación o para ver por dónde salía. Por una vez, se foguearía en una tarea no especulativa, ni abstracta, ni narratológica, ni superior, ni ideal, como las que le ocupaban siempre. Sino de campo, de agarrar e ir, de levantarse y espabilar.

Confeccionó una nota de prensa que publicó en el *Diario de Teruel*. Salió un día antes del rodaje. No era mucho plazo para que se corriera la voz. Pero bueno. Se daba la hora de convocatoria. Vale. No ponía que a las once de la mañana la gente quedaba liberada. Mal pero bueno, pasable. Se anunciaban los bollos y el sorteo, muy bien. Pero lo que nos campanilleó a todos las meninges fue lo que leímos a continuación.

Decía la reseña que había que presentarse «con ropa ligera, primaveral». Sixto había decidido que una comedia requiere piel, carne, frescura. Estaba persuadido de que las ganas del Teruel entero por salir en el cine salvarían el escollo del frío.

Mañanita, diciembre, Teruel. Vinieron como cincuenta personas. Con las que se pretendía llenar una plaza de casi 2.000 metros cuadrados. «Si los distribuyes bien cunden más», sugirió Sixto, siempre sabio, al director.

Cuando ya quedó claro que nos tendríamos que arreglar con los cuatro gatos disponibles, Sixto huyó. Se esfumó. Con él fugado, que era el que tenía que dar las papeletas del viaje a Madrid, el sorteo no se celebró jamás. Los vales aparecieron por la noche sobre una maleta de focos, con una nota del Delegado: «Repartid esto». Yo me enteré de la cancelación de la rifa porque me lo dijo muy mosca uno de los extras, que había venido con su mejor predisposición y en mangas de camisa. Lo que significaba que cincuenta personas ya estaban al tanto de que se jugaba con ellos, y que por ende ya andaban de uñas contra el rodaje. Nos iríamos cruzando con los extras engatusados, o con sus amigos y familiares ya informados, durante todo el resto de nuestra estancia en la ciudad. Vaya caras.

A los dos días fue la comida con el obispo de Teruel. Se convocó para decidir sobre el permiso para el uso de la catedral, donde se pretendía rodar varias escenas. La producción y Tiedra sabían de las reticencias del estamento eclesial a abrir el espacio a extraños. La cosa estaba todavía a medio convenir.

Aún no había un sí claro y con firma obispal en regla. Se confiaba en que la comida y el hermanamiento de sobremesa allanaran el camino. La productora reservó en un restaurante muy turolense y muy representativo.

Asistían al mantel el director Tiedra, dos actores de relieve, el propio obispo, otro de alzacuellos, la concejala de turismo, aliada nuestra en secreto, y Sixto, enviado a la misión. En la comida se estaban creando unos silencios un tanto perjudiciales en una cumbre donde habían de vibrar el ingenio, la diversión y un poco de viveza y celeridad en la charla para que la buena compañía propiciara la culminación de la operación. Por espantar los espacios en blanco, uno de los actores protagonistas salió con el juego del nombrecito, a ver qué tal se le daba al reverendo. Era ese en el que se trata de encontrar el nombre propio, en castellano y de varón, que no contenga ninguna de las letras del antropónimo *Carlos*.

El acertijo había circulado entre el equipo el día anterior, propuesto por uno de cámara. Sixto se lo tomó como se tomaba las cosas que no importaban demasiado, en detrimento de las que sí. Dedicó la víspera de la comida a darle vueltas como un obseso. A base de lápiz, papel y mucho desvelo, resolvió al fin el enigma. Cosa que anunció mucho, con la satisfacción del sujeto un punto virado que necesita el reconocimiento con vehemencia insana.

El obispo se puso al juego con los cubiertos en la mano. Iban saliendo otros temas, ramas de esta raíz, porque cada nombre que daban él o su cura adscrito (siempre fallidos) traía a la memoria sucesos con los que amenizar la reunión. La comida se animó. Pero el obispo no acababa de dar con la solución. No hacía falta convenir entre la parte cinematográfica de la reunión que se trataba de deslizarle las ayuditas justas, sin que se notara demasiado, para que lo acertara por sus propios medios, se quedara a gusto y proclamara a los postres tan satisfecho que sí, que vengan las cámaras hasta el altar mayor, que estos chicos me hacen sentir sagaz. El otro actor, remando en esta dirección, lanzó una boya.

—Hubo una batalla en Francia, cuando Felipe II...

—¡Quintín! —gritó el obispo.

Ya estaba. Todos contentos. Felicitaciones al clérigo, buenas sensaciones, proximidad, permiso como quien dice firmado.

Pero terció Sixto, delante de una lubina, más indignado que sólo quejoso.

—¡Así no vale! ¡Le habéis dado pistas! ¡Así cualquiera!

Estuvo un rato largo protestando, mirando al prelado como con cara de querer apostatar mañana mismo. El banquete se enrareció como si se hubiera anunciado que las salsas que ya se habían tragado estaban mohosas. Al obispo se le tuvo que pasar por la cabeza que lo mejor era dedicar los interiores de la catedral al fútbol sala, con los confesionarios como banquillo. Es verdad que el trato se cerró favorablemente al día siguiente, por gestiones posteriores y en instancias adyacentes. Pero Sixto, nuestro Sixto, edificaba su mito.

Volvimos a Madrid. *Corolenda* seguía sumando planos, mal que bien. A veces me dejaban ver algo en el monitor, o me asomaba yo a mirarlo en secreto. Era como ver una ecografía, de filmes en vez de de críos. Cuando lo miraba de incógnito me sentía como un intruso. Pero yo creo que nadie me llamaba la atención porque el gigante intrusismo de Sixto reducía a insignificante el mío y el de cualquiera.

Hubo un martes especialmente hermoso. Convenía cielo despejado para la secuencia que se iba a rodar. Lo cual es mucho pedir en el diciembre madrileño. Pero el cielo amaneció con un solecito de los bonitos, que daban ganas de pintarlo a la acuarela.

Muchos miembros del equipo de filmación no tienen por qué haber leído el guion: los eléctricos, los conductores, el personal de cáterin, muchos auxiliares. O los meritorios, como yo mismo (aunque me las arreglé para hacerme con una copia y leerlo). En ocasiones, muy pocas, ocurrirá un milagro. Que aparezca un actor que al rodar sus escenas provoque las carcajadas de aquellos que no han leído el libreto y que no saben de qué va. Que los presentes se rían en puro, a partir de un momento aislado, sin conocer más contexto de la historia, sólo por la capacidad de un intérprete que sabe retorcer palabras y gestos para accionarnos a los demás las palancas de la risa.

Ese era Trujillo. Un actor muy veterano que relucía con la ilusión de un novel. Se llevaba las secuencias de calle. Porque hacía gracia, gracia gratis, leche, gracia de sopetón y sin previo aviso.

Cuando pasa esto de la comicidad autónoma, entonces es que la película igual, igual puede hacer algo. Igual lleva a alguien al cine, quizá sea capaz de dejar un recuerdo en quien la vea. Observando a los peones como yo fascinados con Trujillo, me resurgían las esperanzas de que *Corolenda* carburara. Conmigo dentro.

En apenas dos horas ya teníamos (yo ya hablaba en primera del plural para contar lo que se hacía) lo menos un minuto válido en las entrañas de la cámara, y nos disponíamos a hacer germinar otro inseminándole al trasto más pepitas. Establecimos en un nuevo set los testereles, que era como llamábamos a las partes fijas del decorado. A la hora del bocadillo, el equipo se cogió el tentempié y se lo llevó para comérselo sin detener la tarea. El ambiente era distinto, como de marinería feliz. Podía notarse quién de la banda estaba buscando amores con quién, de lo limpio que se puso el éter.

Fue entonces, al verlos tragar sin dejar de trabajar y sonreír sin dejar de masticar, cuando caí en la cuenta de que Sixto llevaba toda la mañana sin aparecer. Lo cual explicaba la fluidez reinante. Sin manifestarlo muy a voces, todos nos hicimos ilusiones de que el hombre-percances no volviera por allí. De que

Corolenda al fin quedara chula, de que los meritorios nos reengancháramos en otra obra. De que rodáramos en paz benedicta. De que acabáramos 2011 sin él y de que empezáramos 2012 con él en otro sitio. Que es básicamente lo mismo pero repetido, como se repite en voz alta aquello que hace albergar esperanzas halagüeñas.

No. A las dos reapareció. Había estado arreglando otro de sus desastres personales. Se había metido a reformar la cocina y tuvo que ir a abrir la casa a los albañiles porque les había dejado las llaves equivocadas. La grisura había regresado tras la tregua trampa. Y venía con nuevas aprensiones.

Según expuso, nadie se había dado cuenta de que a la película le faltaban planos para que se entendiera bien. Material que nadie había previsto filmar. Tiedra y otros, devorándose las uñas, le dieron largas diciéndole que ya al final del rodaje igual daba tiempo y hale, los hacían.

En su desfachatez, y a espaldas de todo el mundo, un *engeniecido* Sixto se los rodó durante una noche. Los filmó con dos chavales del departamento de cámara a los que había conocido en la Escuela de Cine, y que debían de andar con expectativas de colocación en Relatora. Eran cinco planos detalle de objetos. Más uno con un actor secundario que acudió engañado, con dos líneas de diálogo que escribió el impostor en su cruzada por que la cinta exudara expresividad. Al rodarlos, Sixto contravenía la norma más elemental de cualquier equipo humano, de cine o de lo que sea. Porque actuando por su cuenta y riesgo estaba obligando a media tripulación a firmar como propios unos cachos en los que ellos no habían tenido arte ni parte. Hubo quejas. Pero fueron pocas, por no pudrir más un proceso de filmación que ya se iba pudriendo él solo.

Si los planos de Sixto entraban en metraje final, costaría una pasta el proceso digital para asimilarlos en luz y grano a los ya rodados. Seguro que entraban.

Como conté más arriba, trabajábamos en la película sin que estuviera decidido su título definitivo. Una mañana, Sixto reveló que había dado con uno que le gustaba especialmente. Lo expuso en un corrillo, y luego en otro. Al fin, se lo comunicó a Tiedra, que defendía el suyo desde el principio. La propuesta de Sixto era una cosa meliflua, de buenos sentimientos, cursi como comulgar con donettes. Una filfa para adolescentes de juventud senil, una consigna amable bajo la advocación de esa positividad que se pretendía para el filme. La que nunca podría surgir de un rodaje tan mal encarado y tan repleto de pasadas.

Tiedra respondió que no le gustaba. Pero que todavía había plazo para decidirse por uno decente.

A las dos horas escasas, un coche trajo dos cajas de camisetas rotuladas. Con el título nuevo, el de Sixto. Lo que significaba que el nombre se había decidido desde hacía días, porque en dos horas no se diseñan ni se estampan cien camisetas.

Esa tarde venía la prensa, ante la que se presentaba el proyecto para que luego lo conociera el mundo. Cada redactor, cada fotógrafo y cada cámara se llevó su camiseta (meritorios como yo las tuvimos que repartir). Ya no se pudo dar marcha atrás. La cinta pasaba a intitularse según los oficios del ocurrente Sixto.

Quienes nos creíamos a Tiedra, que era el que se lo había inventado todo, seguimos llamando *Corolenda* a la película. Nos aferramos al apodo con la determinación de quien adopta a una nena a la que se debe proteger de los murciélagos, una niñita divertida y bella a la que hay que bañar y perfumar, que de mayor sería novia de todos nosotros y de todas nosotras, por puro cariño conjunto y sin que a nadie le hostigaran los celos. Persistir en el mote que le nació al filme no era más que un poco de resistencia simbólica y de apoyo testimonial. Al director le animaba, que buena falta le hacía. Yo ya llevaba mucho tiempo preguntándome qué motivos llevaban a Tiedra a soportar tanto desprecio.

Pocas camisetas de las de Sixto, con su titulito monjil, se vieron durante lo que restaba de rodaje. Con lo socorridas que son para currar, esas que se regalan con publicidad de lo que sea. Pero apenas nadie se la puso, como si picara mucho. Yo por mi parte me seguiré refiriendo a *Corolenda* así, con esta denominación, que es con la que la pienso siempre.

6

Me da por pensar que Sixto necesitaba imponer su criterio porque, negado para aprender, le había costado Dios y ayuda pillar las cuatro nociones que manejaba. Eso las hacía, a sus ojos, valiosas como amatistas. De un esfuerzo así de grande sólo podían derivarse conocimientos exactos, incontrovertibles y redondos como planetas. Cómo gobernaba el tío, qué almirantazgo ceremonioso, qué pompa en el mando. Haciéndolo todo tan innecesariamente desagradable y difícil, tan prescindiblemente mal.

Con toda la pachorra regalaba consejos a quien los quisiera aprovechar: «Antes se hace cine con talante que con talento». «La tecnología camina hacia la democratización del cine». «La voluntad es la que mueve los proyectos». Sin saberlo, se inflaba a exhibir un caso de virulento desencuentro entre lo que se dice y lo que se hace. Mil veces encabezó con la introducción: «Yo siempre digo que...», como si fuera perito experto, como si sus opiniones fueran requeridas en el *siempre* que anotaba. En sus comentarios sobre películas solía meter lo de «puzle», «muñeca rusa», «laberinto lúdico», «caleidoscopio», formulerías de esas que hacen parecer enciclopédico y vivaz al que las suelta.

De lo que daban sus sentencias buena medida era de su burbujeante originalidad sobada: «La risa es una catarsis». «El cine nos retrata como sociedad.» «Una secuencia cinematográfica ha de tener su organicidad.» Con eso iba tirando el esteta, que se veía partícipe del conglomerado de hombres y mujeres que dibujaban el momento del presente.

Como buen tarugo, hacía lo de buscarse una pareja de clásicos coetáneos de nombre similar, y poner al uno por las nubes y al otro a caer de un burro. Ir por ahí comentando sobre la grandeza de Manet, al acecho del momento en el que meter lo de que Monet es un hijo de puta. Que Schubert es un tramposo revenido donde Schumann es un dolmen de honestidad. Que Schiller es el genio y Shelley el papanatas. Que Strauss da asco y que Strauss es el bien. Que la fetén de las Brontë es una prima oscura que tenían. Que el Bach bueno es el hijo, que el Dumas cerdo es el padre. Que Wagner es inmenso. «Otto, que Richard es un rabo.» O al revés, todos. Viejo truco infame para resultar exquisito delante del pardillaje.

Uno decía de coña «Preferiría no hacerlo». Y Sixto no podía dejar de mentar al autor de la línea, no fuera a ser que alguien se creyera que no había entendido la referencia. Decía idolatrar a los Simpson, «inscritos en la tradición cultural norteamericana, a la que estos monstruitos amarillos laceran sin piedad». Hablaba de los dibujos animados como dando por hecho que al público general se le escapaban los significados latentes de los guiones. Esos que él entendía de primeras y que no podía no explicar sin que nadie se lo pidiera. Lo sangrante era que, con lo preparado que estaba para comprender la serie, a ver cómo no se daba cuenta de que él era un Smithers hecho y derecho, el gran pelota del magnate Burns (aquí, el productor hermano).

Sigo convencido de que recurría a un truco para tirarse el pisto a lo bestia. Una práctica que me he encontrado luego en sinvergüenzas de catadura similar y semejante nivel de acomplejamiento. Consistía en agarrar el ordenador por la mañana, abrir el buscador y teclear cinco o seis letras cualesquiera. La máquina arrojaba palabras que empezaban por la combinación escrita al azar. Antes o después, uno de esos términos remitía a una película, a un director, a una actriz o a una serie. Elegía a los que menos le sonaban. Buscaba datos acerca de esos filmes y de esos palomos. Y subía a sus redes unas alabanzas descomunales sobre ellos, siempre dando a entender que los conocía desde antiguo. Ilustraba todo con vídeos y fotos, como homenaje y reconocimiento a los mencionados.

Para quien se tragara la artimaña, Sixto era un tío con un culturón explosivo, con un gusto desprejuiciado y multicolor y con una entrega inagotable a la imagen audiovisual. Entre la gente normal, sin embargo, el efecto era el de pensar que Sixto era un impostor de los de cita y nota al pie, con una entidad humana de menos fuste que el palito de un Chupa-Chups.

De esta guisa quedaba retratado en la mente de los menos panolis: como un sujeto que siempre andaba buscando la forma de hacer trampas. Que era corto de luces a carta cabal. Mentía a tralla, pero con la candidez de los niños. Cuando tocaba adulaba en estampida, pero con unas artes tan chapuceras que daban ganas de pensar que quería que se le descubriera. Lo dejaba todo lleno de rastros, pistas, restos. Las personas que asistían a sus actuaciones, cotidianas o concretas, eventuales o estables, se miraban unos a otros y seguían intentando rodar. Así le iba a Sixto, así le querían todos. Era un *listo* en cursiva y un **bobo** en negrita.

Hay términos escurridizos que se utilizan con alegría irresponsable. «Pijo» o «rico», son conceptos movedizos e inaprehensibles. Los utilizamos sin tener en cuenta que siempre habrá un desheredado en el Tercer Mundo para quien un pijo será cualquiera de nosotros, que tenemos el agua en el grifo de casa. Respecto a «rico», el dueño del supermercado del barrio es un potentado en su entorno, que será visto como un menesteroso en la Quinta Avenida esa de Nueva York.

En la labor de fijar la mismidad del pijo, cabe echar mano del criterio «se es pijo según la cantidad de pertenencias regaladas que se poseen». Sigue estando desdibujado, pero marca un camino más acotado. En la tarea de establecer la especificidad del rico, es muy útil la norma «es rico el ahorrador involuntario». Concreta el asunto, porque manda al traste cualquier baremo basado en la cantidad de billetes, siempre tan relativa. Pero la frase sigue sin demarcar nada con demasiado rigor.

Sixto chorreaba pistas para ir descubriendo cuál sería el instrumento epistemológico que definiera la especificidad del concepto «ser bastante inútil». Es difuso, como los dos expuestos antes. Pero él con su práctica arrojaba luz clarificadora como si fuera un foco de 10.000 vatios. Un «bastante inútil» es «el que se mete a fontanero y no sabe lo que es una llave de paso». No es ilegítimo ser un «bastante inútil», que cada uno tenemos nuestras limitaciones. Lo que lo estropeaba todo era la arrogancia altiva con la que él lo era.

Le plantaban multas morrocotudas por descuidos banales: correr con el coche, aparcarlo mal, olvidarse de pagar el seguro, el IBI, la tasa de basuras, la carga por demora. Le daban sorpresas lamentables que parecía buscarse con ahínco. En este sentido, fue muy agradable la mañana de la jornada veintitantos de rodaje. Sixto no vino porque estuvo ocupándose («apagando otro fuego», como decía él, el de las cerillas) de otro destrozo autopropinado. Como el de los albañiles que le reformaron la cocina, pero más grave. Encontró en el buzón de su casa una carta certificada de la Tesorería de la Seguridad Social. Le comunicaban que le habían abducido unos cuantos miles de euros por cuotas impagadas. Era por un verano en el que se dio de alta de autónomo para impartir un curso de cine a unos niños, contratado por un ayuntamiento desinformado.

Le succionaron la pasta por la sencilla razón de que nunca había formalizado su baja. Era su intención, pero nunca presentó completa la documentación requerida. Le faltaban dos papeles, que él debió de pensar que se los pedían en broma porque no los llegó a aportar. Sus reclamaciones posteriores no valieron para nada. Sixto no cabía en sí de estupor e indignación. Y voceaba contra la ineptitud connatural a la burocracia, soflama a la que presumía que se sumarían todos («ineptitud la tuya —pensaba yo, pensábamos todos—. Que te piden x papeles y sólo llevas x -2»).

Las cámaras de fotos digitales ya se habían impuesto del todo durante la primera década del siglo XXI. Los veteranos que venían de usar las antiguas se lo pasaban en grande disparando sin preocuparse por el gasto en carretes ni en revelado. Entre las fotografías que yo saqué de recuerdo y las que me fueron enviando los compañeros, junté un par de centenares de imágenes que atesoro como testimonio insustituible de mi rodaje primerizo. Es verdad que luego casi nunca las miro. Pero hay una por la que sí siento predilección.

En ella, Sixto y uno de los actores posan mirando a cámara, en plano de busto. El genio sale haciendo eso tan común, cuando te van a retratar, de simular de coña como que eres un tarado, por hacer la payasada. Da mucha cosa verle impostando una expresión que ya era la que le teníamos todos asignada de natural, la que se le traslucía inmanentemente. Quería Sixto resultar pantomímico y chocante. Mal negocio, con el drama de realidad profunda con el que cargaba sin darse cuenta, el hombre.

La filmación de *Corolenda* cogió una Navidad, la de 2011. Se paró un poco, hubo mazapanes de cáterin. Se me hacía redundante celebrar una festividad de fraternización en medio de la regata de compañerismo que era para mí aquel rodaje.

Sixto se quiso incorporar al júbilo. Todos recibimos por SMS y mail su felicitación de Año Nuevo: «Esta Nochevieja voy a dejarme de tonterías y os voy a desear dinero para que os compréis lo que queráis en 2012. Sé que hay cosas mucho más importantes, pero son todas tan caras... Besos y feliz Año».

Se filtró que su felicitación estaba bastante plagiadita de unas ocurrencias de Groucho Marx. A Sixto le debió de llevar una semana intentar componer la nota, que querría ingeniosa y entrañable, emocionada pero divertida. Debió entonces de rendirse y entregarse al copieteo. Nos impactó de veras que este soso de afectividad deteriorada quisiera resultar cachondo y cariñoso al tiempo. Era tan triste como la vida que llevaba, de tropezones constantes, y tan trágico como sus intentos de resultar salao.

Lo grave no era eso. Lo realmente devastador de su mensaje era que este torpe hiciera gracias con el dinero que él mismo estaba contribuyendo a exterminar de forma tan decisiva. Nadie se explicaba tamaña falta de pudor. A esas alturas del rodaje ya eran todos, no sólo algunos, los que se intercambiaban sus anécdotas de pobre incrustado, que ni era productor, ni guionista ni mucho menos director, si bien se empeñaba en serlo todo al tiempo. No tardaron en llegar las reacciones de pasmo: «¿Cómo se le ocurre hacer bromas con el dinero a este incapacitado?» «Con el dinero que nos desea, yo quiero comprar el sidecar rosa que nos pedía.» «Yo, extras para Teruel.» «Y yo, un *Delegado* que sirva para algo.»

Cambiamos de año. Como en 2011, el equipo seguía comprometido con Tiedra y su proyecto. Hacía mucho que la banda se había arrogado el reto de hacerlo bien. La consecuencia más inmediata y visible de ello era que resultaba frecuente que muchos días, y a pesar de Sixto, sobrara una hora u hora y media sobre el tiempo de jornada. Se trabajaba exacto para poder conjurar los imprevistos que pudieran surgir. Que pocos surgían, precisamente por esta voluntad de anticipación.

La táctica funcionaba. Tiedra tenía esta eficacia como un argumento para ganar puntos ante la productora. Con su tripulación detrás, estaba ahorrando tiempo. Que en el cine es igual a ahorrar dinero y disgustos. El ingenuo de él creía que cumplir con el plan de rodaje en plazo y forma le hacía ganar enteros.

Antes al contrario, había señales de que Guillermo en su Relatora Films veía como una falta de elegancia o de inspiración respetar el plan, ganar por la mano al horario y no causar estropicios en el calendario ni en los fondos. Debía de estar seducido por esa mística según la cual las grandes películas fueron siempre hechas a base de destrozos locos en el presupuesto. Da pena ahora recordar cómo los esfuerzos de Tiedra por economizar sólo le valieron para que por dos o tres veces el productor y el hermano le llamaran *rácano*. Le insultaban por pretender beneficiar. Y Sixto, hablando de dinero en sus felicitaciones de Nochevieja.

7

El equipo (y yo me sentía *muy* equipo) tomó a Sixto un asco espantoso. No podía reprochársenos nada. El Delegado evolucionaba cada vez más como un experto de chichinabo por todas las áreas del trabajo. Cosa que rechinaba dijéramos que con chirrido agrio entre los miembros de la banda. Sixto, instalado porque sí en puesto destacado, opinando de todo, daba a entender que cualquier piernas que pasara por la calle podía entrar a desarrollar una tarea que a todos los demás les había exigido lustros de preparación, estudio, sacrificio y paciencia. Todos estaban hechos a sus fríos, a sus ardores, a sus hambres, a sus insomnios, a su terror al error gravoso y a sus méritos pocas veces agradecidos. Habían masticado sinsabores, sufrido heladas, aguantado fragores y soportado zancadillas antes o después de madrugar, trasnochar y velar. Estudiaron durante todos los años de su vida con la esperanza tambaleante de llegar a aprender algo algún día, en una práctica profesional cuya configuración cambia todo el tiempo y en la que jamás se tiene la certeza de saber nada. Cada uno estaba hecho a su cacharro, a su técnica particular, a su carpeta o a su protocolo. El maquinista a su grúa, la script a sus cuadrículas, la maquilladora a sus esponjillas, el foquista a sus milímetros.

Eran trabajadores de plaza conseguida en durísima oposición continua, en la que se aprueba a base de guantazos (de recibirlos) en pos de una estabilidad siempre eventual. Llevaban la marca de los currículos enviados en masa, de los desprecios del promotor de tal o cual filmación, de la noche de niebla perdidos en el monte, de las llamadas embarazosas para pedir trabajo, de las hambrunas y de las sedunas. De los desarreglos intestinales, de las insolaciones, de los actos heroicos inaplazables («Búscate la vida, pero hay que conseguir una escalera sin peldaños»), de las pobrezas padecidas durante amplios períodos de paro.

El traspiés en el curro es agrio, pero qué didáctico es. Si estaban allí era porque habían superado mil pruebas peliagudas. Desde siempre. Algunos desde críos, como en los gremios artesanales. El colmo era un auxiliar de atrezo que había debutado en nómina con quince años. Con lo que llevaba cincuenta a la brega. Incluso a este, el rutilante Sixto le venía pidiendo cuentas, exigiendo explicaciones y controlando movimientos.

Técnicos y creativos sentían su pelo tomado, se diera Sixto cuenta o no de ello. Jorobaba que él, aparecido como un paracaidista con sus cuatro nociones de prontuario, llegara al cine considerando que las cuitas que habían padecido sus nuevos compañeros de tajo eran las que él podía saltarse por su cara bonita. Devaluaba la profesión que todos los implicados amaban y en la que habían ingresado tras pesares sin fin. Sixto venía a proclamar que los afanes y los contratiempos penosos eran fangos que uno se podía ahorrar para acceder a la profesión de sus sueños. A él le estaba funcionando.

A todo esto, Sixto se seguía significando como el gran ganso que era. Tanto a la luz del día como de tapadillo. Ese fue el caso de la nueva proeza que recopilé de él, y de la que nadie sabía nada.

La semana que empezaba, séptima y antepenúltima, se presentaba especialmente complicada. Había secuencias difíciles, con coches corriendo, una caída desde un cuarto piso, escenas corales y planos con animales. En previsión de problemas, se contrató a más personal para reforzar el equipo. A la sección de meritorios, la mía, vinieron dos chicos. Uno de ellos acababa de terminar segundo curso en la Escuela de Cine. Me lo comunicó cuando reconoció a Sixto, antiguo alumno. Me faltó tiempo para pedirle que me hablara de él. El nuevo compañero se rio con ganas y me contó lo siguiente.

Sixto hizo primero, como yo ya sabía. El ejercicio de fin de curso consistía en escribir y rodar un cortometraje completo de no más de cinco minutos. La Escuela ponía la cámara, unos faroles y las mesas de montaje. Como forma de ahorrarse problemas, pero también como pauta didáctica de cara a un mundo en el que lo habitual serían las carencias y las restricciones, una de las condiciones para el rodaje era que el mismo debía llevarse a cabo dentro de los límites del centro.

El Sixto se sintió audaz. Creía que el brillante guion que había escrito iba a dar pie a una película sólo mate si se plegaba a los antojitos de encorsetamiento creativo de una cúpula escolar que desconfiaba de él. Planeó lo de sacar la cámara y las luces de la Escuela. La idea era hacer el paripé de que se rodaba por el día. Y al final de la jornada, salir con las máquinas. Tirar por la noche, con el afán romántico de filmar sin haber dormido. Grabar el corto en unos escenarios que tenía elegidos, mucho mejores que los que ofrecía el centro en sus sosos espacios. Devolver los equipos sin que nadie lo notara. Cuando los profesores vieran los resultados, que se esperaban de altura, le dispensarían el atrevimiento.

Llamó a dos chavales de su confianza. Precisamente, los mismos con los que un año más tarde rodaría los planos detalle y el otro de propina que consideró imprescindibles para

Corolenda (eran sus dos *sanchopanzas*). Actuaron según el plan.

Cuando el cuadro de docentes vio en pantalla el Puente de los Franceses, la casa de Sixto, su coche por la Castellana y un bar que le abrieron para tirar una secuencia, le hicieron parar el vídeo y le pidieron que se largara.

Así regía su coco. No le permitieron pasar a segundo curso, por uso indebido del material inventariable. En la práctica, le expulsaron. Contra la versión que dio en su día, no es que dejara los estudios para navegar por mares más profundos. Sino que le echaron por torpe. Para su bien, allí estaban su hermano pequeño y su Relatora Films, que lo recogieron. Pero la historia que me refería el meritorio nuevo era puro Sixto. Me la callé, y le rogué al compañero que no la contara. Notaba que si el equipo se enteraba, con lo que llevaba ya aguantado y con las reticencias en expansión, el motín que se podía montar arrasaba con *Corolenda*. Y *Corolenda* tenía que estrenarse.

Qué calidad la de Sixto en la confección del desastre. Siempre pletórico de sobreestimación, con una capacidad para el destrozo ordenada, cabal, cartesiana y sinfónica.

Me gusta mucho jugar a una cosa. En las películas de juicios americanas siempre sale uno que hace de *Defense attorney*. Es el que defiende al acusado, el que se lo curra para dejarle bien ante el jurado, el que les busca las vueltas a los hechos para que el reo se libre de la cárcel. En mi juego, el asunto es detectar a alguien de comportamiento en principio aparentemente reprobable. Y pensar acto seguido en sus motivaciones legítimas, en sus eximentes, en sus descargos posibles. Jugar a ver a un enemigo por el lado bueno, buscárselo por entre los pliegues. Intentar entender incluso al más nocivo. Es un ejercicio de relativización moral que sosiega mucho el espíritu, fomenta la fraternidad y, sobre todo, que es que es muy entretenido. Yo lo llamo «jugar a *Átorni*», por castellanizarlo un poco.

Sixto era perfecto para esta práctica. Que empezaba por ejemplo así:

La gente le había cogido mucha manía. Pero nadie tenía en cuenta que su actitud no era sino el boqueo desesperado de supervivencia tras una biografía radioactiva. Alguna piedad cabría contraponer a tanta tirria de haberse sabido que el historial de tropezones de Sixto no era otra cosa que una huida hacia delante. Algo que merecía comprensión.

Honraba a Sixto el hecho, además, de que, a buen seguro, quería hacer que *Corolenda* resultara una película notable. Era un sujeto que intentaba hacer las cosas bien, por mucho que me chocara su forma de hacerlas. Y así, él querría que le valoraran, deseo nunca ilegítimo. Que su hermano viera que, como insinuó varias veces en el pasado, según supimos, él no era un zote. Que se podía contar con él y que a poco que le dejaran maniobrar, ellos dos iban a parecer los Coen, los Taviani, los Lumière, parejas fraternales en las que todos identificamos vocación compartida, genética y deslumbrante. De buena estirpe.

O por mirarlo por otro lado. Yo mismo, desde siempre, tengo ganas locas de que me pasen cosas (muy original, yo). De que me vengan amigos nuevos, retos, viajes, muchachas, manjares. A veces me daba por pensar que Sixto demostraba la misma apetencia. Que iba embalado a apañar los acontecimientos para, supongo, ganarse amistad, desafíos, excursiones, amores, comilonas, respectivamente. Eso nos equiparaba el uno al otro, nos ponía en parcelas contiguas. No seríamos tan distintos. No sería él tan distinto a nadie.

Y había más chicha para hablar a favor suyo: seguramente, habría concitado el amor de su familia. El de la ascendiente, el de la descendiente. Esas hijas suyas, a ver. Ellas le escucharían, le admirarían, le querrían imitar. Porque Sixto tendría, en otros escenarios, acciones y pensamientos laudables. La imaginación me presentaba la escena nocturna en la que arropaba a sus dos niñas, les encendía la lucecita de ahuyentar los miedecillos. Las dormía arrullándolas, salía de puntillas del dormitorio filial. Y después...

Y después encendía su ordenador. Se ponía a descuartizar el guion de *Corolenda*, a las bravas, porque se había dado cuenta de que todo estaba mal, de que éramos todos unos botarates, de que la película caminaba hacia la calamidad si él no la arreglaba. De que o ataba en corto al director, al equipo y a los actores, o el filme sería una grandísima chapuza.

Se me pasaban los sentimientos de piedad. Se acababa *Átorni*. Pobres hijas.

Insisto. Cuánto me ha interesado este hombre. Cuánto me sigue interesando, así pasen los años.

8

Tiedra y Mónica, su esposa, se querían mucho. Yo les veía en su convivencia, tras las jornadas. Se decían unas cosas muy bonitas. Me contaba ella que luego siempre acababan llorando, porque estaban pasándolas negras (no sé quién de los dos lo pasaba peor).

El director parecía protagonizar un experimento psicosocial en torno al aguante. La esfera de Relatora Films se sobraba con él a lo bestia. Él mismo tenía que estar preguntándose el porqué, en un interrogatorio de autopolicía chungo, y rechinando por seguir permitiendo como un lelo todas esas pasadas. Me comentaba Mónica que su marido empezó a hacer eso de que cuando quería A, proponía B para que Sixto, por puro afán de contradicción, le *obligara* a A.

Siempre fui curioso. A saber qué motivos tendría Tiedra para permanecer en un infierno de esta llama. Acaso sólo estaba en el cine como empleado de circunstancias, por ponerse tibio a beber y a comer gratis (abundancia de tickets, vales de comida, tragos, coparras). O por catar adulterios, drogas, emisiones de amor, morros de besar, entre gente muy nerviosa por el percal que suele tener encima. Algo habría por medio, cómo no. Pero el pobre vivía en un susto perenne, dejándose comer la merienda, la cena, el desayuno, el aperitivo, el almuerzo de media mañana, la comida principal, la leche con galletas de antes de acostarse, el picoteo de entre horas, a base de pistachos, cacahuetes, anacardos, yo qué sé, yo qué sé por qué cojones se dejaba comer así todo. Espero que no me pase a mí jamás. Mejor dicho: que no vuelva a pasarme. Que es que, ahora que lo pienso, ya me ha pasado alguna vez. Como a todo el mundo. El tema es que no ocurra demasiadas veces.

Me chocaba cada vez más la forma en la que Sixto se pasaba las decisiones de Tiedra por el forro. Sin darme cuenta, yo estaba haciendo esfuerzos por indagar sobre el director, sobre su versión de todo esto, sobre sus dispensas y sus autodisculpas, si es que las había. Tenía muchas ganas de hablar con él, no sabía si acaso mediante su mujer. A veces parecía que conseguía aproximarme, entre que si le llevaba una chupa para el frío o una gaseosa para el calor. Pero Tiedra, que debía de verme las intenciones, tendía a huir del meritorio metucón. Seguramente estaría avergonzado al intuir por dónde iba a derrotar la conversación sobre su derrota cotidiana, diaria, horaria, minutaria y segundaria.

La ocasión se presentó un viernes de enero. Habíamos estado rodando en un piso de Chamberí hasta el final de la jornada. El meritorio que conducía para Tiedra (los meritorios recogen por la mañana y devuelven por la noche al director y a los actores principales) tenía que adecentar el set, que había quedado hecho un basurero. Me pidieron que me ocupara yo de llevar al hombre a su casa. Vivía en Fuenlabrada, a veinte kilómetros largos de Chamberí. Había grandes atascos, como siempre. Era mi oportunidad para sondearle.

Se montó de copiloto, no en el asiento trasero. Apenas me saludó, porque nadie había llegado ni siquiera a presentarnos. Me dio un poco de apuro empezar a hablar, porque a ver de qué íbamos a conversar si no era acerca del rodaje. Era fácil entender que lo último que quería Tiedra en sus horas ya de asueto era palique con un miembro del equipo de una campaña que para él estaba siendo un suplicio.

Pero aludí a mi amistad con Mónica, su mujer. Le conté, porque era verdad, que hablábamos mucho, que me caía especialmente bien. Le di noticia de todo lo que me estaba ayudando en mi oficio nuevo. Tiedra ahí se abrió un poco. Mónica le había debido de hablar de mí en buenos términos.

Por buscar más zonas de juntura le dije que yo solía ir al bar de la facultad de Comunicación Audiovisual, donde sabía que él se había licenciado. Me lo negó. Había estudiado allí, pero nunca había acabado la carrera. El tema del bar, no obstante, dio paso a más palabras. Hablamos de locales que conocíamos por Madrid. No iba desinformado, yo tampoco. Me hablaba de los de sus tiempos, alguno ya cerrado para siempre. Yo le contaba sobre mis favoritos, y entre los dos pasamos revista a mil barras con sus anecdotarios adosados y con nuestras recomendaciones a favor y en contra. Se estaba bien hablando con Tiedra. Luego, pasamos al tema adyacente de las bebidas. Le hizo gracia que un chaval de mi edad fuera de pedir orujo blanco. Y eso dio pie a mi confesión.

Le conté que el orujo me había gustado demasiado. Que parecía que habían inventado para mí el *after shave Oruje Blanche*, y que me lo regalaban por Navidad todos los años por cómo iba yo oliendo a loción orujoblanquera. También le expliqué cómo lo había dejado casi sin darme cuenta cuando la excitación del rodaje empezó a sustituir a la de lo otro.

Esto le tocaba muy de cerca, y se lanzó a expresarse. Me dijo que, durante muchos años, se tomó sus copas con exceso (con mucho exceso) de entusiasmo. En su caso, pastís de 45°, siempre sin agua y sin hielo. Pero que había dejado el alcohol del todo en cuanto vislumbró que su *Corolenda* tenía opciones de salir adelante. Quería llegar entero y cabal a una guerra por la que llevaba esperando toda la vida. Llevaba dos años así, sin beber, y notaba que así se iba quedar. Pero que a veces lo echaba mucho de menos. De últimas, especialmente. «Porque no sé si sabes que está siendo un trabajo como, vamos, bastante difícil, el *Corolenda* este de las pelotas.»

A Tiedra le pasaba lo que a Mónica. Que necesitaba soltar el berrinche. Sentí un poco de vergüenza por haber ido a escudriñarle. Ya lo demás lo soltó él sin que ningún cotilla le tirara de la lengua. Me hizo un repaso de acontecimientos que en realidad yo ya conocía, o porque me los radiaban o porque los veía en directo. Me atreví a plantearle la solución de que hablara con Guillermo. Como si yo fuera el idiota que siempre lanza las ideas geniales que todo el mundo ha tenido ya. Como si yo fuera Sixto.

Me contestó que fue lo primero que hizo. Tiedra buscó su arbitrio, pero el Guillermo delegaba en su Delegado. De largo, se negó a retirar competencias a su hermano. Y se volvió a atender llamadas que le hacían por sus otros dos peliculotes en curso, que esos sí que le ilusionaban.

Cuando, tres días después, Tiedra se le quejó por tercera vez, Guillermo le mandó a la mierda de buenas maneras. Le hizo desprecio de sus cortometrajes, le conminó a marcharse y a volver a su empleo anterior. Le sugirió que se produjera él la de *Corolenda*, si tan listo se creía. Porque, según formuló el productor, le estaba haciendo poco menos que un favor produciéndosela. A Tiedra no se le ocurrió qué responderle hasta una semana después: que Guillermo no le estaba produciendo un filme a él, a Tiedra. Sino a su hermano, a Sixto, con él de director nominal haciendo de mayordomo. A una semana vista, desde luego, ya era tarde para respuestas audaces.

Por fin salimos de Madrid, tras padecer los embotellamientos. El silencio de la estepa se solapó con el nuestro. Y luego ya la conversación cogió chicha otra vez. Por romper el silencio mencionado, que me daba que no le tranquilizaba, me armé de insana curiosidad y me decidí a preguntarle lo más gordo. Que cómo se estaba dejando hacer todo ese manantial de cabronadas. Que por qué no había abandonado en cuanto vio lo que se le venía encima, ya antes de rodaje. O a rodaje ya empezado, qué coño. No parecía que Sixto (no pronuncié su nombre, pero los dos del coche sabíamos a quién me estaba refiriendo) fuera a espabilar jamás. Tenía que perdonarme el atrevimiento, pero quería saber por qué no había escapado a las primeras de cambio.

Me dio dos motivos. Respecto al primero, Tiedra supuso erróneamente que Mónica ya me había hablado del papelón que tenían encima con sus dos hijos. Pero yo no había oído nada de eso. Lo que pasaba con ellos habría legitimado suficientemente la actitud subyugada de Tiedra, su decidida permanencia y el aguante a todo. Los dos niños iban mal de piños y tenían que pasar por el dentista. La intervención del mayor costaba 6.000 euros, y la del pequeño 3.500. Tiedra cedía tanto en *Corolenda* porque iba hacer cualquier cosa para financiar las operaciones. Un imprevisto que los tenía angustiados, hasta el punto de que al mayor le llamaban *Seis* (por los 6.000) y al pequeño *Tresquini* (por lo mismo, pero con su presupuesto personalizado).

Con ser grave, no era el odontológico el motivo de peso por el que Tiedra se obcecaba en tirar para adelante. Sino otro menos prosaico.

Corolenda era su primer largometraje (salvando las distancias, Tiedra y yo debutábamos con esta historia). Había hecho cosas notables en formato corto, siempre a ver si podía pasarse al cine estándar. Mientras le resultaba o no, se sustentaba mal que bien como operador de cámara eventual en la televisión local de Fuenlabrada. Llevaba escritos mil guiones largos, que movía por productoras sin éxito (no le contestaba nadie, ni sí ni no). Los presentaba creyéndose que los ejecutivos le iban a hacer más caso si iba a las reuniones con la ropa planchada.

Se le debieron de encharcar los pulmones con los vahos de la función vapor de la plancha, de tanto alisar camisas. Los guiones se le quedaban anticuados. Luego los retocaba, pero tenía uno en el que una chica moría porque no estaba en casa y no pudieron avisarle del peligro que corría (cuando lo escribió no había móviles). Otro acababa con el protagonista metiéndose en el IRA, que ya no había. Muchos de sus libretos iban en pesetas y con unos precios de risa. Había escrito un alegato cinematográfico a favor de suprimir la mili, y otro resolvía su intriga policíaca gracias a unos papeles enviados por fax.

Ninguna respuesta a sus propuestas. Hasta que la obtuvo de Relatora Films, interesándose por *Corolenda*. Tiedra vio allí su oportunidad de establecimiento definitivo en el oficio. Había ido quemando etapas y debía crecer a mayores. Marcarse un tránsito ascendente y pasar al cine de empaque, al de noventa minutos, al de sala con butacas, al de vallas en el metro, al de todo eso. La vía para ese *todo eso* era este *Corolenda* fundacional. Tiedra estaba decidido a hacer lo que fuera para acabarla y, a ser posible para que quedara hermosa. Estrenarla en condiciones. Que marchara medio bien y que se le abriera la ruta hacia un segundo filme. Aunque sólo fuera para que, al tener dos, ya pudiera decir eso de: «Es que *mis películas...*». Frase que pronunciaría con más garbo si en vez de dos eran tres. Cuatro, siete, doce.

Eso le llevó de nuevo a hablar de su paso por la facultad. No acabó, me había dicho. Dejó una asignatura colgando. Sólo una. Lo hizo aposta, para no tener una licenciatura completa y un título formalizado que acaso, cuando el hambre azuzara, le habrían tentado a optar a un curro reglado. Que habría sido remunerado, cierto. Pero que le habría apartado de lo que para él era su único cometido en el mundo: contar historias.

A ver cómo quedaba esta de *Corolenda*, pensé. La que rodábamos entre Madrid, Teruel y sus zozobras personales. Me dieron ganas de instarle a que se matriculara en la facultad, a que aprobara la pendiente y a que se hiciera con el título. Porque haber quemado las naves para estos ahogos, pues vaya negocio.

Por suavizar una plática que se estaba poniendo oscura, reculé hacia los aspectos felices de su vida, que tanto le compensaban. Mónica, lo maja que era. Pero Tiedra volvía a su compromiso profesional. Se habían casado en un plató, mientras rodaba él uno de sus cortometrajes con ella a la cámara. Ese era su nivel de implicación, de querencia y de vocación. «Y cómo me lo están jodiendo», dijo.

Insté a Tiedra a que aguantara el chaparrón, a que hiciera de tripas corazón, a que sacara fuerzas de flaqueza, a varias cantinelas por el estilo oídas o leídas en libros chorras y en canciones consabidas. No fui yo un dechado de ética cuando lo hice. Porque en el fondo no se lo decía sólo para darle ánimos. Sino porque para mí era muy importante que él, o quien fuera, llevara a *Corolenda* a buen puerto. Y abrir así mi historial, y trabajar otra vez, y otra. En fin, como el propio Tiedra. Si mis palabras le animaron, en todo caso, pues mucho mejor. Espero que sí, porque pocas veces he visto a alguien con mayor desaliento.

Llegamos a destino. Tiedra me agradeció el apoyo. Me dio la mano. Luego se bajó del coche. Le vi alejarse por la acera arbolada del Paseo de Roma. Sólo faltó que desde un plátano de sombra le cagara un pájaro, para que redondeara el efecto de humillación. Pero era de noche, y las aves urbanas ya se habían recogido. Seguro que en las semanas sucesivas el director encontró momento para cruzar el paseo de día, a la hora a la que los pajarillos disparan sus cacas a matar.

Al lunes siguiente volvimos al trabajo. Se filmó un plano en el que un actor decía aquello de «Yo sólo quiero que me dejen en paz». Cuatro tomas. En las cuatro vi a Tiedra por el rabillo del ojo poco menos que llorando por acople con el personaje que él mismo había escrito.

Continuó fingiendo sonrisas. Sonrisas para contemporizar, para hacer como que las cabronadas que le estaban perpetrando eran bien recibidas, para disimular y que no le echaran, para hacer ver que acogía de buen grado las aportaciones del Delegado Sixto (mierda molida, las aportaciones del jilguerillo). Para acabar *Corolenda*, y a ver cómo se daba.

Tiempo atrás, en Teruel, una noche de hacia la mitad del rodaje, tuve la impresión, quizá errónea, de que Mónica, la mujer de Tiedra, me, no sé, me tiraba un tejo. Un tejito, yo qué sé. Igual no. Pero sí. Me gustaba ella. Pero suficientemente le estaban machacando la autoestima al director como para que encima se la craquelara yo por el lado sentimental.

Hui. Que otro mirara a ver. Un actor miró a ver, con éxito, y cada vez que me acuerdo de aquello me muero de pena.

9

El 23 de enero es mi cumpleaños. Aquel año de 2012 me pilló rodando, qué mejor finca privada para celebrarlo. Emprendíamos la última semana de labor.

Por festejar, llevé a rodaje un bolsón de rosquillas. Las repartí entre la banda, que me felicitó entre bromas sobre la calidad de los dulces (la paliducha que permitía la retribución de un meritorio). Me felicitaron y tal. Dos de producción y unos de maquillaje me tiraron de las orejas. En la comida, los cuatro de mi mesa brindaron por mí. Volvimos al trabajo. Pasó la jornada y nos fuimos a dormir.

Lo que ocurrió al día siguiente sigue siendo hoy uno de los episodios más descarnados a los que he asistido en toda mi vida. Amaneció. Resultó que el día 24 era el cumpleaños de Sixto. A las diez de la mañana comunicó la noticia a uno de producción. A las once, la voz se había corrido y todo el mundo estaba al tanto. A las doce, una ayudante de dirección apareció en el lugar de rodaje con un tarjetón de felicitación tamaño sábana, con unos muñequitos dibujados en el anverso y mucho espacio en el reverso para dedicatorias.

Se recordó a voces que ayer había sido mi cumpleaños y que se había habilitado una mesa para que la gente me escribiera algo en el tarjetón, me firmara una enhorabuena, me echara un deseo de bienaventuranza. A mí, no al del cumpleaños de hoy.

A la una, una ayudante de cámara fue haciendo cuestación de cinco euros para comprarme —a mí, no a Sixto— un MP3, y regalármelo por mi natalicio. Insisto: a mí, no al del aniversario actual.

A las dos y media fuimos a comer al restaurante de amplio salón en el que el equipo completo hizo la comida de mediodía durante esa semana. A los postres, de una esquina surgió un *Cumpleaños feliz* coral que fue haciéndose estruendoso. Mi día había sido ayer. Pero yo sentía que las notas medio miraban para mí. No reuní valor para ver qué hacía Sixto, pero me dijeron después que al oír las primeras sílabas tonales hizo el ademán de levantarse para recibir el homenaje.

Fue entonces cuando todos volvieron cabeza y garganta hacia mi silla para dejar claro que el destinatario no era él. El operador cruzó el salón con el tarjetón, el MP3 y una tarta. Puso todo ante mi cara. Tiedra y Mónica me vinieron a encender las velas, las soplé entre jaleos. Agradecí la deferencia echando a todos miradas voladoras, pero eludiendo cruzarme con los ojos del pobre pegote que sí cumplía años y al que todos estaban demostrando la verdadera tasa de su estima. Luego todo el equipo formó una cola para darme la mano uno por uno. A Sixto no le cupo otra que sumarse a la fila. Sudaba yo a la espera del momento en el que se me plantara delante con gesto de congratulación desconcertada. Le tocó el turno. El amargo cáliz pasó ante mí. Duró dos segundos. Uno lo pasé fijando la vista en la perdiz muerta de un bodegón al óleo que había en la pared. Durante el otro no tuve forma de esquivar su mirada contrariada, a la que no sé qué cara opuse. Daban ganas de pedirle perdón. Pero a ver en virtud de qué, si llevaba semanas tocándole los cojones a todo el mundo.

Nos comimos la tarta. Continuamos trabajando hasta que decayó la luz de la tarde.

Puedo imaginar a Sixto esperanzado con la idea de que era costumbre entre las gentes del cine celebrar los cumpleaños al día siguiente de la fecha de nacimiento, por una tradición arraigada, corporativa y simpática. Y que mañana le llegaría lo bueno a él.

El día 25 de enero, el inmediatamente posterior al de su cumpleaños, fue de aplastante normalidad. La costumbre del festejo diferido veinticuatro horas no existe en el cine ni, que se sepa, en ningún gremio.

Con toda la manía que yo ya le tenía, me sigo estremeciendo de estupor y vergüenza ajena y lástima al recordar el sucedido. Allí quedó claro el asco insobornable que se le tenía. Ese día, sin grito alguno, sin palabras gruesas, el equipo se desfogó.

Fue un espectáculo de dolor gozoso, de justicia silvestre. Fue un Fuenteovejuna sin aceros, ni pinchazos, ni prendimientos, ni turbamultas. Lo violento de esta venganza a una fue su ausencia de violencia. Las picas con las que se llevó a cabo fueron, de hecho, muchos gestos de afecto y cariño, con dedicatorias risueñas, un regalo en su envoltorio, canción a capela, un poco de comida extra. Violencia pacífica.

Nunca he olvidado la fecha de cumpleaños de Sixto. Por lo fácil que es sumar un 1 al mío y porque nunca vi semejante mensaje de inquina tan exacto y tan justificado. Porque no se me va de la cabeza lo que fue el día de celebrarle a uno a la cara el cumpleaños de la víspera para desearle *contrafelicidades*.

Para entonces ya había trascendido la historia de la expulsión de Sixto de la Escuela de Cinematografía, a pesar de mis esfuerzos por callármela (los que no hizo el exalumno que me la contó, qué gran bocazas). La tripulación estaba soliviantada por la recién conocida, nueva muestra de torpeza, mentira y jactancia de quien había sido eyectado del centro sin acabar el primer curso. Pero que actuaba como si se hubiera doctorado.

Hablé más arriba de un auxiliar de atrezo. El que a sus sesenta y cinco años llevaba cinco décadas de batalla. Era un señor muy parco en palabras. En las labores de equipo, hablar poco y exacto redunda para bien. Este, la parquedad la mantenía también durante las horas de asueto, porque apenas decía nada y era hasta soso.

Pero no fue así el jueves de la última semana de rodaje. Durante la comida, que todavía se servía en el salón de los cumpleaños en diferido, se fue a Sixto. Se transfiguró y soltó su proclama. Habló de corrido, como si la perorata se la hubiera escrito antes, o como si llevara semanas tallándola y se la hubiera leído y releído mil veces mientras dudaba entre lanzarla o guardársela. Parecía que a fuerza de perfilarla y de mascársela se la había acabado aprendiendo de memoria. Y tal cual le quedó la parrafada, cuajada de florituras estrepitosas. La escupió de a bloque, mientras los presentes nos mirábamos estupefactos porque el de la parquedad se marcara un discurso semánticamente chorreante, por un lado, y por el propio contenido de los chorros, por otro.

Como desde los primeros compases ya se notaba que el episodio prometía, uno de sonido anduvo presto. Grabó el discurso, con los reflejos ágiles que da el oficio y que hicieron que no se perdieran más que cuatro o cinco palabras del principio (no importantes). Conservo mi copia:

—(...) «... que tú eres un insuficiente psíquico que tendrías que vivir recluido en una institución en la que te ayudaran. Tiene que funcionar alguna que disfracen de academia para cineastas, a la que te lleven piadosamente engañado contándote que en realidad a esa casa de salud se va a debatir ponencias sobre el paisaje audiovisual europeo o la experiencia diegética en el cine musical. Premisa: tú eres rematadamente tonto. Para demostrar eso sólo haría falta pasar unos días contigo, e ir haciendo notación de tus gestos, de tus palabras, de tu ignorancia —pecado leve— aderezada con tu soberbia —pe*s*cado [sus nervios: primera mácula en la corrección expositiva] grave—. Bastaría con asistir al *show* de tus calamidades, como hemos asistido los presentes durante estas semanas pasadas».

Los camareros se creían que el auxiliar de atrezo era un actor ensayando texto en mitad de la comida.

—«Pero acudamos a otra demostración de la premisa. Esta segunda incorpora mayor potencial lógico que la primera: tú eres imbécil como demuestra el hecho de que no tienes ni un amigo. Porque, no sé si estás al tanto, no tienes ni un amigo. Ahí va una prueba *aposteriorística* [¡!] de lo que te acabo de decir: nadie quiere tener contigo el gran gesto de amistad que cabría dedicarte. Que habría de ser el de avisarte de que eres un imbécil gigantesco. La gran acción amistosa hacia ti sería dejarte esto bien claro para que, de una vez, localizaras el punto sobre el que iniciar tu andadura en una vida sin autoengaños. Ese sería el gran rasgo de entrega fraternal. Pero todo el mundo te lo niega. Y resulta que el detalle de detallarte [segundo embrollo oral] una verdad para ti tan útil, lo tiene sólo, fíjate lo solo [y tercero] que estás, un tío al que le das alergia, como soy yo mismo. Cuando te mueras habrá gente que pensará "Jo, qué bien se está". Y darán ganas de valorar el aire ahorrado que tú ya no tomarás en tu respiración».

La tensión me paralizaba. El tío continuó. Ya no se trastabilló más con las palabras.

—«No voy a negar que fantaseo con la llegada del día de tu muerte, y que encuentro en ello la satisfacción de los pensamientos gozosos. Me templa el ánimo soñar con mi llegada al tanatorio durante ese día, cuando te exhiban amojamado. Y verte expuesto, en el ángulo mejor, en el estrado iluminado. Con tus putos algodones metidos por las narices y el rictus no mucho menos mortecino que el que hoy te gastas. Es cierto que lo deseo».

Se me puso un dolor en un oído que no sé de dónde salía y que nunca más me ha vuelto a dar.

—«Ocurrirá. Tu muerte llegará. Y mucho más pronto que tarde. Vaticino que, de una forma u otra, serás el responsable de tu fallecimiento. Con ello, se sancionará la idea de que el tonto se procura cada día una pizca de su muerte, haciendo el mal, jodiéndolo todo, abrumado por el veneno que le suministra a cada hora su propio albedrío, que lo hiere como el polvo de cristal tragado con la sopa. Dan igual mis ganas de que te mueras: con o sin ellas, por vía autógena, estás condenado a un deceso temprano que tú mismo cimentas cada día, como una pena de muerte natural que te aplicas cada vez que separas los dientes para hablar, o que sacas las manos de los bolsillos para romper, o que las dejas metidas para omitir».

Le pareció una baratez soltar lo de «He dicho». No lo dijo. Pero se echó de menos que lo dijera, porque la perorata le quedó bastante redonda.

Después sacó del bolsillón de su bata un atributo de su oficio: un bote de acrílico verde. Abierto. Los que le conocían de años ya sabían lo que iba a hacer con él, y antes de que se lo arrojara a Sixto, al que iba a poner verde por partida doble, le detuvieron. Sin embargo, sí le dio tiempo al auxiliar de atrezo a arrancar el tiro. Algo de pintura sí se comió el Delegado.

En Relatora Films decidieron expulsarle. Resultaba todo un poco ridículo, porque apenas quedaba día y medio de trabajo. Pero no hubo forma de comunicarle el cese, porque al día siguiente ya no volvió. Se cogió la jubilación, que ya le iba tocando, y cerró así medio siglo de atrezo y cotizaciones. Era un histórico del cine al que posiblemente olvidará la historia del cine. Pero que se ha quedado instalado en la mía hasta los restos.

Hacia 2012 todavía quedaban bastantes cabinas telefónicas por las calles, desde las que se llamaba anónimamente sin registro de número. Uno de peluquería, muy impresionado por todo lo que soltó el veterano atrecista, llamó al Delegado regularmente durante algunos años para ver si se había cumplido la predicción mortal. Pero Sixto siempre contestó al teléfono.

Concluyó el rodaje. Menos mal, porque una semana más y a Sixto le zurran.

Es costumbre que al director se le regale la claqueta utilizada, como recuerdo. A qué trituradora de residuos la tiraría Tiedra. También está la tradición de hacerse una foto con todos los participantes en la filmación, posando como un equipo de fútbol gigante. Luego se regala una copia a cada miembro. Yo tengo la mía enmarcada, y aquí delante, porque siempre va conmigo. Tiedra sale medio tapado. Sixto sale ufano. Yo salgo como si fuera el protagonista del filme, bien adelante, riéndome con toda la dentadura y a punto de llorar de pena por el adiós y de miedo por la incertidumbre.

Ese mismo día, si no antes, me rehíce el currículum. Incluí el nuevo dato: *Meritorio de Producción en* Corolenda *(Estreno previsto: verano 2012).* El epígrafe brillaba como un foco en el erial de papel. Y luego lo imprimí, lo fotocopié. Con él, a Correos, al mail. Por docenas. Qué voy a contar que tantos no sepan. A esperar el éxito de mi *Corolenda*, el que daría lustre a mi hojita de servicios. A esperar a que algo ocurriera. A esperar una llamada de trabajo. A esperar, en general.

10

Corolenda entró en su fase de postproducción. Yo no estaba invitado a montaje, claro. Pero Mónica seguía mandándome glosas porque con alguien tenía que desfogarse.

La metuconería de Sixto en rodaje no remitió en montaje. Aumentó considerablemente, de hecho. Sentado ante una mesa de edición, recogido en una sala acondicionada, no se pasa frío, no hay que ir de un lado para otro, no hay que castigar el cuerpo, no hay por qué tratar apenas con nadie. Sólo con el montador, con algún ayudante y con el director, Tiedra. Que estaba asado de pelear, de justificar cada detalle y de gastar saliva y salud en un debate continuo en el que siempre llevaba las de perder.

Supe que todos y cada uno de los planos de *Corolenda* fueron cuestionados. Todos corrieron riesgo de salir del montaje final, y si muchos no acabaron en el cementerio fue porque había que llegar a la duración estándar de una película de largometraje.

Sixto tiró a la basura varias secuencias que costó su buen trabajo filmar. Recuerdo dos, cuya eliminación tuvo que ser muy dolorosa para quienes se ocuparon en ellas. La primera fue «la del helicóptero», como la llamábamos todos de coña. En rodaje, aprovechando que las horas cundían y que se avanzaba sobre el calendario previsto, el equipo quiso echar el resto y hacer una demostración de solvencia. Con unas vías de trávelin, una grúa muy normalita y una hora de ensayo se consiguió un plano de medio minuto que parecía rodado desde una aeronave, lo menos, con una sincronización con los actores y sus acciones muy encomiable. Todo, varios años antes de que se extendiera el uso de drones. Planos como ese acentuaban la impresión de que Relatora estaba poderosa, y que había invertido los recursos que nunca dispensó. A la productora la dejaba en muy buen lugar. Pues por no sé qué motivaciones narrativas que nadie entendió, a la papelera que fue.

La segunda retrataba una pota, reacción fisiológica que nunca se ha reproducido demasiado bien en pantalla (se falla en cantidad de vómito, velocidad de eyección, sonidos asociados. Nunca hay un solo envite, sino al menos dos). Rodar una raba bien tirada se impuso en el equipo como un reto. Se consiguió admirablemente, con mínimos efectos especiales y muy fidedigna interpretación de vomitona real. Quedó muy chulo, de imagen y de audio.

Sixto la cortó sin avisar a nadie. A su hija de cuatro años le había parecido desagradable. Lo era, pero molaba.

Fue sólo el principio. A partir de ahí, todo para arriba. Henchido de confianza en sus potencias, Sixto solicitó los brutos digitalizados del copión (el total rodado) para llevárselos a su casa. En su cueva abría su ordenador y recolocaba los planos, los recortaba, suprimía a cuchillo. Luego se iba al montador y haciendo valer su puesto en el escalafón le impelía a incorporar los cambios. Que trastocaban o fulminaban lo que hubieran montado hasta entonces el técnico y Tiedra. En sentido real, Sixto estaba organizando la película. De algún modo, estaba dirigiéndola.

Como era incapaz de percibir su incapacidad, la estaba jodiendo. Y con ello, a sí mismo. Si la película iba bien de taquilla y crítica, Sixto quizá tuviera alguna posibilidad de sembrar carrera, de fijar empleo, de enganchar oficio y de desenganchar penuria. Si iba mal, apaga y vámonos. Él creía que estaba dando sentido, oportunidad y comicidad al filme. Sin embargo, Mónica se temía que estaba dinamitándolo, arromándolo, encriptándolo. Aterrorizaba pensar en cómo un hombre, en la intimidad de su domicilio, entre el humo de la amable infusión y el aroma del vigorizador paquete de galletas Príncipe, labraba la talla de su ruina. Tal y como lo haría un enemigo íntimo y antiguo, como un *autoconspirador* insospechado, en la involuntaria voluntad de hacerse daño mientras cultiva la voluntaria noluntad de procurarse fortuna y reconocimiento para sí y su familia.

Cosía y descosía. Pronto le entró el desasosiego de quien no sabe manejar la aguja. «Hacen falta más planos. Con lo que hay rodado, la película no se puede montar», me dijeron que decía. Aunque se hayan rodado mil horas de material, no puede montar nada inteligible un tipo que no sabe contar *Caperucita Roja* en una guardería. Todavía más planos, pidió. Como cuando rodó él unos pocos por su cuenta y riesgo con los dos chavalotes de la Escuela. Si bien en esta ocasión los que solicitaba eran bastante más complejos, con actores principales y jornada en exteriores.

Por supuesto, Relatora Films y Guillermo no estaban dispuestos a reemprender rodaje. Pero Sixto concibió una solución en una mañana inspirada: todo lo que había que hacer para recapitular la historia al completo era reescribir la voz *off* que incorporaba el guion original. Veía en ello una ocasión para explicar lo que quedaba dudoso. Lo que quedaba dudoso, para un disgregado como él que no sabía ya qué se estaba contando, lo era todo.

La nueva cresta de la intromisión feroz se alcanzó cuando la voz *off* nueva no se le encargó a Tiedra. Se mantuvieron algunos pasajes, para disimular ante el director y guionista. Pero gran parte de la original se tiró al contenedor. Párrafos enteros se sustituyeron por los de nueva creación. Nunca se supo quién los escribió. Alguien que tecleó con Sixto encima, eso seguro. Él mismo, acaso.

Hacia marzo llegó el momento de grabar e insertar la banda sonora original. «La música, que sea alegre». Sentencias así, cada vez más imperialmente legislativas, eran cada día más habituales en un Sixto ya fuera de órbita.

Tiedra llevaba meses hablando con el músico. Su idea era meter este tema, este otro y este otro. Con tales tempos, con esas melodías y con esos ritmos en la cabeza se había rodado cada secuencia correspondiente, para un encaje decente. Otra vez, Sixto que no, que esa música no se metía, porque no. El músico, un genio para todo aquel que se haya acercado a oírle, entendió pronto la situación. Entregó unos restos y unos recortes que tenía por ahí compuestos a ratos muertos, plegó velas y se alejó de *Corolenda*, donde todo olía a podridito. Escapó corriendo urgido por su intuición salvadora, la que le avisó de que permanecer allí era como quedarse a fumar en las instalaciones de Pirotecnias Crevillentinas, S.A.

A la altura de la musicalización, y en vista de cómo iba la cosa, Sixto parecía incorporar un nuevo acicate a su negarse a todo: el cachondeo cruel, el sadismo del mariscal sátrapa. Tras meses de imponer, para él ya era divertido decirle que no al nodirector, se me ocurre pensar. Se sentía a gusto mandando, eso era obvio, y feliz destartalando los planes a un tipo al que el Guillermo hermano parecía haber contratado no para que dirigiera una película sino para ver qué cara tan divertida ponía cuando le jodían las cosas.

Con tal manazas, la película pronto dejó de interesar al equipo de postproducción. En las salas de máquinas, acolchadas y en penumbra, ya sólo le interesaba a Sixto. Que no sabía hacerla. Y que no sabía que no sabía hacerla. Así que profundizó en su dominio, sin tener que dar razón de sus pasos a un cuerpo técnico que sólo quería irse a casa a cenar. Removió más la cinta, le añadió más voz *off* sobre la ya modificada, introdujo efectos de audio que nadie veía claros. Le metía una música de librería, se la quitaba, le amputaba la que encontró ya encajada. Me amargaba pensar que los fallos de rácord estarían medrando en el metraje, y que las posibilidades de legibilidad mermarían a cada jornada de edición. El que montó la imagen, el que la niveló de color, el que montó el audio, los que ejecutaron los temas de la banda sonora, los que pretendieron construir el filme hasta donde les dejaron, ya sólo querían cobrar y cambiar de película.

Tiedra, pues tendría ganas de lo mismo. El que más. Pero me contaba Mónica que se tragaba la frustración y volvía a la carga, con la esperanza de ver qué porción de película podía salvar todavía. Yo pensaba en las bocas de *Seis* y *Tresquini*. Que al menos eso se salvara.

A mediados de mayo de 2012, *Corolenda* se dio por terminada. Se preveía su estreno para agosto. Por supuesto, con el título camisetero de Sixto.

La distribución estaba acordada con una empresa de exhibición filial de Disney, los de los muñecos. Una compañía esta que, a la altura del siglo, iba comandada por unos desdibujados que en 1940 habrían mandado a Walt a colorear fondos para cartelones de carretera.

La delegación para España nos desmerecía a los de la casa madre. Les conocí, siempre en la lejanía, cuando nos invitaron a un pase matinal para los miembros del equipo. Digo de lejos porque ni nos saludaron. Nada que no esperáramos. Lo que en cambio sí me llamó la atención fue que los dos pájaros de la distribuidora ni miraron al director. Lo sé confirmar porque me dediqué a examinar con qué cara le miraban y me fui de vacío. Miraban para allí, miraban para allá, pero nunca dedicaron ni un grado de arco ocular a hacer coincidir sus ojos con el del realizador. Y eso que escruté, que estaba más a la vigilancia de trazos visuales que a otra cosa. Tiedra no debía de ser hombre en quien depositaran grandes expectativas. No confiaban a sus potencias la esperanza de mejoras, ni en sus cuentas de resultados ni en sus vidas personales.

Nos sentamos y se apagaron las luces. Nos dispusimos a ver *Corolenda.*

Hay series de horas y horas que se ven completas en un suspiro. Y hay chistes de diez segundos que resultan insoportables. Sixto, obsesionado con mutilar, persuadido de que cuanto menos durara la película más rápida sería —luego más divertida, luego más exitosa—, dejó la cinta en 71 escuetos minutos. Una duración que hacía dudar de que se pudiera llamar a eso «largometraje», y que convertía a la pieza en un módulo muy difícil de encajar en una programación de sala o tele.

El montaje que descabaló Sixto dejaba todo hecho un lío que no tenía sentido más que a medias. O que lo trastocaba del todo. En la película hay dos enamorados que, diríase, se odian durante medio día, no se sabe a causa de qué. Luego se les pasa, y a vivir. En otra zona del filme, un niño que nos había caído bien hasta entonces parece (porque lo parece) que se entrega al robo de dinero en el colegio, metiendo la mano en los abriguitos ajenos que están colgados en las perchas. Luego vuelve a ser un niño digno.

Los fallos de rácord eran demasiados. La pobre script abandonó la sala llorosa. Hay un momento en el que el protagonista luce una herida en un labio por un tortazo que le van a pegar dentro de diez minutos. Un coche que cambia de color, diferente niqui en la misma mañana, incongruencias de esas. Todo gracias al *supramontaje* que se marcaba Sixto por las noches con su ordenador sobre las rodillas, en su casa, en su cama, en su taza del váter.

Había en el guion original un dato numeral, no viene al caso cuál, que se mencionaba tres veces. Suficientes para que, a la cuarta, el espectador hilara trama. En la película final, el dato se cantaba en seis ocasiones. Para que a la séptima se ataran cabos. Hubiera yo leído el guion o no, sospechaba que para la séptima, cuando la película se presentara al mundo, este se iba a oler todo desde tiempo atrás. Un aborto. Era el efecto de subestimar la capacidad de retención de información del público. «La gente es tonta», la canción del rodaje.

La voz *off* de pegote que Sixto auspició acusaba el pánico a que la historia no se entendiera, porque todo lo desmenuzaba hasta hacerlo polvo. La grabó un locutor que con su festivo tonillo de verbena parecía rogarnos que nos riéramos, por Dios bendito, que para eso habíamos quedado en que el filme era una comedia. Incluía un chiste sobre el *Kamasutra*, otro de que si «todos los políticos son unos mangantes» y otro de la siesta, lo española que es. Como si *Corolenda* la hubieran escrito los garañones de la tuna o los reclutas de un cuartel.

La música de la película era una cosita simplonísima, como para niños. Que no contrapunteaba nada y que a Sixto le pareció perfecta. En mi butaca, me fui preparando unas frases de circunstancias por si me cruzaba con Tiedra a la salida.

El bloque del barco en el embalse había quedado reducido considerablemente. Ya se rodó un plano de situación del entorno acuático, pero se habían incorporado tres vistas de exterior de un río. Las debía de haber cogido Sixto de un banco de imágenes porque, juraría, no eran de la localización. Siempre quiso rodar aquello en cubierta, al aire, e intentaba esforzadamente que lo pareciera.

La secuencia turolense que debía ser de extras en masa semejaba un documental sobre la despoblación en las capitales de provincia españolas. Por fuera, la catedral de Teruel parecía una postal. Por dentro, una parroquia de barrio.

También noté la ausencia de muchos de los planos que rodó el actor Trujillo, con los que tanto nos habíamos reído en rodaje. Acaso los quitó porque tenían gracia, gran pecado. Sin embargo, por supuesto, allí estaban las tomas que Sixto se rodó de extranjis con los dos amigos de la Escuela de Cine. Despistaban bastante.

Corolenda iba acabando. En la secuencia anteúltima, echando mano de la voz *off* postiza patrocinada por él, Sixto les había endilgado al protagonista y a su novia un embarazo, nada menos. Así, como para acabar en pátina ilusionante. El suceso nunca estuvo en el guion, ni mucho menos se rodó. Pero soltar la anunciación de una paternidad era la forma supuestamente emotiva de dar vuelo al final, en clave risueña y esperanzadora. Así que: preñez que te crió. Miles de filmes recurren a la bienaventurada concepción para ver de elevar por la jeta el redoble de conclusión. Cuando todo se levanta con el mismo truco barato, nada se levanta ya. Aquí, desde luego, todo quedó en tierra. La mano de Sixto.

La última secuencia era un falso anuncio de televisión. También se incorporó a toda prisa al plan de rodaje, porque se le ocurrió al Sixto rebosante a mitad del trabajo. El apócrifo *spot* metía un chiste inane. Y, por la vía de la pantomima, quería ser además una crítica al consumismo y tal, a la tele alienadora o algo así, a la publicidad omnipresente, no lo sé. Hasta ahí, todo tristemente normal. El puntazo fue lo del logo, en el último plano del *spot* y por tanto de la cinta. Con la excusa de que el anuncio hacía promoción de un producto ficticio de la marca imaginaria SAR, Sixto había encargado un logotipo grandecito con las letras S, A y R. Es decir, las iniciales de su nombre y de sus dos apellidos. El hombre estaba firmando subrepticiamente todo *Corolenda*. Sólo él era capaz de ermitas de alevosía tan catedralicia y de cabañas de mendruguismo tan palaciego. Y luego ya la historia se acababa del todo.

Visto en conjunto, el película era un desfile de averías, hijas de imposiciones desnaturalizadas. El filme quedó, pues eso, bastante mal. Una comedia tipicorra. Menos mal que nadie me preguntó que qué me había parecido. Afortunadamente, a nadie le interesa la opinión de un meritorio.

Con una excepción. Al pase de equipo fue Ramona López, una administrativa que estaba en Relatora desde su fundación. Apenas la conocía de vista. Era muy menuda. Se fumaba un cigarro y parecía que estaba chupando una tubería.

Le debieron de chivar que había un chaval (yo) que estaba fascinado con Sixto. A ella le pasaba lo mismo, y por los mismos motivos de atracción por el despropósito y el disparate. Ahí empezamos a tratarnos, a cuenta del filme que acabábamos de contemplar y en el que Sixto se revelaba a sus anchas. Ramona y yo hablaríamos y nos veríamos más, aunque el día del pase aún no lo supiéramos.

II

Mientras esperaba al estreno, quedé algún sábado con algunos compañeros del rodaje. Era fantástico verlos. No era lo mismo que en campaña, pero no desmerecía. Se hablaba mucho de trabajo (de su búsqueda) y algo menos de películas (de sus calidades). Por la noche volvía a casa, contento por haberme juntado con gente lista y alerta.

El encantamiento se hacía añicos en seguida. Mis padres se cachondeaban de que tuviera aspiraciones en una ocupación a la que llamaban «hacer el indio». Y se pitorreaban de mi sueldito, que dónde estaría ya. Tenían tantas ganas ellos de que me largara como yo de irme.

Una noche, llegando al domicilio mío que de mío no tenía nada, mis padres me comunicaron la muerte de la señora Adelina. Que cuánto lo sentía, dije, y que quién era esa. Adelina era la mujer de un hermano de mi abuelo, más o menos, creo. Me dijeron que había fallecido repentinamente y que la habían incinerado. Su cónyuge, el tío abuelo Pacomio (se llamaba así. No Paco ni Francisco: Pacomio), se había quedado solito en el mundo. Al hombre, el deceso lo había dejado noqueado. Estaba muy mal de ánimo, y entre eso y que no sabía hacerse una tortilla francesa, en la familia estaban hablando de contratar a alguien para hacerse cargo de él. Acto seguido, cómo no, vino la propuesta.

—Podías ir tú, en vez de estar haciendo *los vídeos esos*.

Sí hombre, ahora mismo. Yo apenas recordaba al viudo. Igual era majo. Pero no era mi primera opción ocupacional, ni mucho menos. Desde que acabó el rodaje estaba intentando con todas mis fuerzas enlazar con otro. Dependería de la buena marcha de la película. Pero entre meterme de geriatra interino, no sé si se llama así, y volver al trasiego gustosón del campamento de filmación, la elección la tenía clara. Nada de Pacomio. ¿Que venían tiempos de espera, porque no me llamara nadie del cine? Pues bien, una tarde o dos sí me iría a cuidar al señor este, de gratis, por hacer algo. Me sonaba que vivía por Carabanchel, al sur de Madrid.

—Eso era antes —dijo mi madre—. Hace cinco años que vive en Ávila.

Ávila. Muy lejos. Cero cine.

—Entonces sí que no puedo coger el trabajo.

—No es que puedas o no puedas, o que quieras o que no quieras —habló mi padre—. Yo tampoco te quiero aquí y me aguanto. Si no encuentras nada pues tendrás que irte para allá. O qué te crees.

No. Aguantaría en lo mío, pensé. Y me daba vértigo estar llamando «lo mío» a una ocupación que quizá jamás me toleraría dentro. Pero si lo de *Corolenda* salía mal, si la película se quedaba en un cajón, o quedaba abortada, o el público la tiraba a la basura, a ver qué hacía yo, con mi currículum hecho un nonato. Irme a Ávila, adonde el viudo, qué remedio. Ávila. Ya sólo el nombre me sonaba abrupto. Me sonaba a muerte. Me sonaba, vamos, de cojones. Me sonaba a la muerte con dos cojones pinchados en la guadaña.

Mejor seguir pensando en *Corolenda*. En junio, para ir haciendo nombre de cara al estreno, sus promotores presentaron el filme en un festival. La muestra otorgaba un tropel de unos quince o veinte premios, algunos en modalidades cinematográficas que yo ni sabía que existían. Se repartirían entre las diez películas a concurso. Sólo hubo una que no se llevó absolutamente nada. Nada, ni una cintita conmemorativa, ni un diploma en cartulina, ni un certificadillo con un ribete a dos tintas. Nunca había pasado antes en aquella cita: que un filme se fuera de vacío, de vacío de atmósfera pura de campana de laboratorio. Mira que *Corolenda* podía haber agarrado el trofeíto extraoficial que siempre concede un supermercado al Fomento del Turismo o a la Señorita Más Risueña. Si se convocaron, tampoco cayeron esos.

Era dramático oír rumores de que Tiedra consideraba que este reparto de galardones, en el que él se fue sin nada, se ceñía en su opinión a un atinado gesto de justicia.

Corolenda fue aún a otro certamen. Ganó el premio del público en Puertollano. Pero es que Tiedra era de Puertollano. El director y los puertollanenses cumplieron así con la concesión del premio más triste de los posibles.

De cara al estreno comercial, me da que no se reservaron grandes cantidades para la promoción. No sé si fue a Sixto al que se le ocurrió el uso que se dio a una parte de los fondos. La propuesta iba de novedosa. Se organizó un sorteo entre quienes compraran en internet su entrada por anticipado y reenviaran un código que se proporcionaba al efecto. Los premios, dos, no eran moco de pavo: un Renault Clio y una *scooter* Piaggio.

Era de suponer que el gran toque publicitario sería la entrega de premios, con mucha prensa por medio. De la gala apenas nos enteramos los próximos. El acto de concesión no apareció más que en medios de tercera. Con lo que el desembolso para publicidad se fue en proveer de vehículo a dos ciudadanos sin que tuviera más repercusión para la película. Cuesta no pensar que alguno de los premiados no fuera un pariente. Que no digo que lo fuera, pero que muy cándido hay que ser para no entreverlo.

Lo de la motorización regalada debió de llevarse por delante el presupuesto para promo. Porque no hubo mucha más. Yo desde luego, y mira que los busqué, no vi carteles en marquesinas ni módulos en prensa ni anuncios en internet ni cuñas en radio ni nada que se le pareciera. No vi ni las camisetas famosas.

Se editó un cartel, eso sí. De lejos parecía pintado con lápices de colores de los del colegio. De cerca la cosa ganaba, porque parecía hecho con rotuladores. Escolares también, pero de técnica más exigente.

El estreno se celebró en agosto, por entonces el mes trastero-desván del cine. Fue el día 10. Asistí, a ver qué pasaba.

Tiedra pronunció unas palabras de presentación. A esas alturas, como para simpatías estaba. Pretendió resultar gracioso, era un hombre muy desgraciado.

Comenzó la proyección. Cada vez que una secuencia cogía vuelo y guiñaba el ojo, el público sonreía, movía una pierna, reía después. Inmediatamente, una nueva torcedura, una modificación fantasma, un añadido exógeno, la neutralizaba. Y la sala volvía al sinsabor.

Demasiadas manos metiéndose, demasiados pies, demasiadas patas metidas a cuenta de demasiada participación no solicitada. Demasiadas opiniones embutidas y una sola en platea: que no.

La noche del estreno hubo una fiesta, como es costumbre. Fue en una sala del centro. Permanecí poco tiempo, que tanto alcohol gratis, peligro. Salí a la calle para coger el metro. A dos pasos de la puerta estaban Sixto, su mujer y sus niñas. Con mucha dulzura, él atusaba el pelo de su hija para fijarle el pasador. En cuclillas, a su altura. La otra esperaba su turno para que también a ella se lo colocara papá, que lo hacía muy bien.

La madre aguardaba para llevarse a las nenas a acostar, que ya era muy tarde. Ella sonreía, como si le gustara asistir a la ceremonia cotidiana del pasador. Sixto remató a la niña con un beso en la coronilla. Su hermanita pidió paso, que le tocaba ya. Olía a colonia infantil.

Seguí mi camino. Se me hace complejísimo encontrarme en su área de ternura a un individuo especializado en cabronizarlo todo.

No volví a verle. En carne y hueso, quiero decir. Porque sí volví a verle, pero en la tele. Aunque eso sería varios años después. Tiempo durante el que nunca dejé de seguir su rastro, dicho sea de paso.

El público de sala de todas las plazas repitió mucho la dinámica descrita más arriba: expansión primero y, en cuanto asomaba el Sixto creador, volatilización después. Las cifras de asistencia fueron de reírse de malas. La cinta se estrelló en taquilla como un camión que se estampara contra la taquilla de un cine en una avenida. Nunca menciono el título que le endilgaron a *Corolenda* por la cara. Pero si lo hiciera y a usted no le sonara, que no le extrañe no recordarlo.

Lo peor fue para Tiedra. Unos espectadores le reconocieron una madrugada por la calle. Le insultaron. Varios periódicos hicieron algo parecido, pero multiplicado en difusión. A él no le cabía otra que asentir, que coincidir, que acatar la afinidad de pareceres entre el suyo y el de quienes le increpaban.

Por entonces, Mónica dejó de cogerme el teléfono para siempre. No porque se indispusiera conmigo. Sino porque, supongo, ni ella ni su marido querían volver a saber nada de nadie que les recordara a la película. No sé si seguirán juntos, no creo.

Nunca sabremos cómo habría quedado *Corolenda* si a Tiedra le hubieran permitido actuar a su albedrío. Quizá mejor, quizá (no lo creo, pero hay que decirlo) todavía peor. Sí podemos comprobar, en cambio, cómo quedó al no permitírselo. Es decir, al tener que hacerlo todo según instrucciones caídas del cielo, pegoteadas, ajenas, extraterrestres. Lo que es ya inevitable es que la película lleva el nombre y el apellido de Nacho Tiedra debajo, en el cajetín de la firma, como si las decisiones que se tomaron para modelar la cinta hubieran sido suyas, adoptadas por él, con sus formas de hacer y su conciencia, sin intromisiones impuestas. Ya nada le desligará del filme, y será para él como lucir una letra escarlata eterna de inmundicia imaginatoria. Para su escarnio de suplantado. Y para siempre. Eso sí que tiene que raspar.

El director, sin más consideración, dejó el cine. No la película, no la productora. Dejó el oficio, directamente, tirando por la calle de en medio y para siempre. Eligió deliberadamente a un periodista para contarle el asco que había sentido en todo momento mientras sajaban su proyecto, lo malversaban y lo adulteraban. Las declaraciones salieron publicadas una semana después del estreno. El ámbito del cine es chico. En diez días máximo se habría corrido la voz de que había pronunciado tales palabras, y se habría dado orden de que no se volviera a contar con Tiedra en la industria. Que se ponía agrio y que largaba demasiado.

Fue la forma premeditada que él tuvo de cerrarse aposta toda puerta, por si un día sentía la malhadada tentación de volver a trabajar en el sector. Opositaba a exiliado. Sacó plaza.

Pobre Tiedra. No sé qué habrá sido de él. No sé si seguirá contando historias. Si lo hace será como mucho a sus sobrinos, al camarero del bar, a un perro que haya adoptado, a las arañas de las esquinas. En su casa, solo, en un parque, sin nadie, sentado en un banco, con una revista en el culo por si el asiento estaba sucio.

12

La de veces que deseé tener la película acabada (así dicho, como si fuera mía). Y que hubiera quedado importante. Tirarme un poco el pisto («Yo estuve allí»). Y que se corriera la voz de que me tocaba un cero coma cero algo por ciento (0,0x%) del mérito. Pero no. Los días anhelados fueron de desconcierto. En casa se me reían a la cara («¡Cineasta!»).

Haber participado en el filme se lo ponía difícil a los miembros menos fogueados del equipo para encadenar aquel trabajo con otro. Lo cual me incluía sobre todo a mí, el último mono. Al cuerpo de meritorios, al que yo pertenecía, nos resultó literalmente imposible enganchar con nada. Medio debutantes todos (o debutante entero yo) en la cosa del largometraje, el rubí de nuestro CV era una película de la que apenas nadie había oído hablar, y sólo en los peores términos quien sí. Como yo no tenía más currículum en el cine que ese, mi apartado de experiencia laboral volvía a la casilla de salida. El fracaso de *Corolenda* era el mío. Al final del túnel había otro túnel. Lo iba a pasar muy mal. Me dolía, porque creo que durante el período de obra me porté como un buen chico.

Me entristecía especialmente haber aprendido tantas cosas rodando *Corolenda*. Porque yo había aprendido un montón.

Dejemos a un lado la modestia de que si «si es que sé algo» o si dejo de saberlo. Aprendí de todo, casi siempre sin darme ni cuenta. De lo tecnológico, de lo económico, de lo cinematográfico, de lo presupuestario, de lo organizativo, de lo humano y de lo amoroso (me eché una novia de sonido que me duró tres meses, casi). Aquello era un vendaval de noticias ante el que uno se sentía hélice, una rambla ante la que uno se sentía esponja. No he vuelto a pillar tanto saber en un plazo concreto en mi nunquísima vida. Normal: sólo había que mirar y escuchar a los hombres y mujeres que me rodeaban. Verlos hacer, oírlos callar, mirarlos sonreír sus códigos, olerlos escuchar y todas las combinaciones de infinitivos raros que se quiera.

Cogí mi ciencia nueva y me la llevé para casa. A guardar. A metérmela por donde me cupiera. Nada de lo aprendido me iba a valer por aquel entonces para encontrar huequito en un rodaje nuevo. Venía de uno en el que, a efectos de prestigio, promoción y caché en el mercado laboral, francamente, mejor habría sido no haber estado.

Lo chungastre era despertarse por las mañanas con el pálpito de que había una cosa, una, que tenía que hacer. Llevaba dos o tres segundos recordar cuál era. Pero al final, la memoria cumplía su función: «Ah, sí. NADA. Hacer nada de nada». Abría el móvil, no obstante, para ver si alguien había mirado mi currículum con ganas de usarlo y me requería. Iba con un tembleque de manos igualito al de las mañanas de después del orujo blanco: un tiritar incontrolable como de párkinson prematuro. Mucho miedo. Ninguna buena noticia.

Recordé la propuesta de ir a Ávila a vivir con el tío abuelo Pacomio, qué remedio. Pero las cosas se me estaban dando tan mal que hasta eso se me cayó. El viudo había cogido hacía meses a una prima mía, segunda o tercera, no lo sé, de esa familia que al parecer tenía yo diseminada por el país. Era enfermera, con lo que el hombre estaba tan contento. Ya ni lo de Pacomio me salía, qué fario malo.

Tenía que hacer algo. Quise entrar en la Escuela de Cine (como Sixto, vaya pasos a seguir más desasosegantes). Los padres me dijeron que si era bobo y que si me creía Spielberg (sus referencias no eran muy originales). Me matriculé en da igual qué facultad, por cubrir el expediente. Pero yo lo que quería era currar.

Transcurría 2012, el año pico del desempleo tras cuatro añazos de desastres económicos globales. Como para pretender nada en el cine. Ni en ningún sitio. 2012 trituraba.

No sabía por dónde salir. Pero entendí que era hora de irse a obras, a tiendas, a bares, a almacenes, por si querían contratar a un perdido. Sólo conseguí un par de cosas. La primera, un empleíto que no llegaba ni a eso. Era posando en pelotas en una academia de bellas artes. Me tendrían a prueba una semana y luego ya verían. No llegué a cubrir ni el período previo. Nada más quitarme la ropa me ponía rojo como el corazón de una sandía. Unos graciosos se traían el tubo de óleo bermellón y la barra de sanguina en el bolsillo de la camisa, bien a la vista. Seguí buscando.

Yo dibujaba bien desde crío (ya dije que copiaba los Astérix de la condenación eterna). Un amigo al que conocía de andar por la calle iba a abrir un bar gótico en Legazpi, dos semanas después. Quería montarse una inauguración maja, abriendo la persiana delante de todos sus compadres y clientes. Y vio atractiva la idea de que la tal persiana llevara un grafiti hermoso, con vampiros y vampiresas en poses terroríficas y seductoras. Me propuso hacérselo, pagaba bien. Tenía que presentarle tres o cuatro bocetos bien acabados, y él elegiría. Compré papel del bueno y unos rotuladores como de lujo.

La responsabilidad me aturdía. Había demasiado en juego como para estar templado, y me agarroté como si los vampiros me hubieran mordido a mí. Iban los rotuladores hechos unos gilipollas por la hoja, echando unas rayas que daban más desazón por lo que apestaban que por la temática del terror.

Los bocetos quedaron vergonzantes. No había tiempo para que mi amigo el del bar se los encargara a otro. Inauguró a persiana desnuda. La putada que le hice me duele todavía hoy. Yo me sentía fatal. Por fallar así a mi pagador y, sobre todo, por cotejarme con Sixto. Por *recordar a él*. Me asustaba haberme sobrevalorado como dibujante, que vaya un cerdo asco de monigotes que entregué. Me alarmaba que pudiera yo llegar a responder como él: creciéndome, encima encastillándome. Por eso me negué a cobrar. El del bar me metió unos euros en el bolsillo por pagar al menos el intento. Yo sacándomelos, él que toma, yo que no. Se los acepté al final por pura indigencia.

No volví a dibujar, para no pecar de suficiencia infundada. Para que el del bar dijera de mí que era un inútil, porque lo era. Pero no que era un expandido, tipo Sixto. Eso sí que me habría dolido.

Un día volví al Primi, el bar en el que trabé charla con Ramón Reboredo. Como si el local fuera el cuadrante de mis oportunidades. No me encontré a otro ángel benefactor, claro. Pero sí a cuatro orujos blancos, metidos en sus copas redondotas. La recaída no fue buena idea. Tras meses de abstinencia, los cuatro disparos me hicieron un roto importante en la tripa y en el coco.

Pasé la resaca. Dejé el alcohol por segunda vez, por motivos nada heroicos. Porque no lo dejé por la salud, el civismo o la moral. Lo dejé por falta de eurines. Liquidez contra líquido. Iba a necesitar cada una de mis moneditas, y más. Como para andar gastándomelas en chicha.

Corrían los días como treinta o treintaiún bobos al trote, así cada mes. La novedad llegó una tarde de diciembre. Estaba yo metido en mi habitación, dónde si no. Mi padre y mi madre, los dos juntos, abrieron la puerta risueños. Me comunicaron que la prima enfermera que cuidaba al tío abuelo Pacomio emigraba a Dinamarca, donde iba a recibir mejor trato profesional que en España. Que me fuera para Ávila, dijeron, y esta vez sonaban a obligación. Que no me preocupara por dejar la facultad, que al fin y al cabo no era yo el que pagaba la matrícula y que no iba a perder ningún dinero.

De vez en cuando me llamaba Ramona, la administrativa chica de Relatora. Para ver cómo estaba, cosa que le agradecía muchísimo. Le conté la operación Pacomio. Me aconsejó que lo cogiera. Porque por el lado del cine, en mi caso, la cosa estaba como nunca de mal.

Meses atrás se me había adelantado la prima y la oferta, que nunca tomé muy en serio, se me había caído. El que ahora ella abandonara el castillo le daba a mi candidatura un cierto color de triunfo. Cosa que se me hizo muy novedosa. Acepté con alegre alivio una propuesta que, sobre el papel, de seductora no tenía nada. Pero creí que me tocaba la suerte. Y a mis padres, no digamos.

El curro, si se le podía llamar así, consistía en hacerle la casa y la compra al abuelo, arreglarle gestiones, prepararle la comida, dejarle hecha cena para la noche. Ayudarle en general. Y darle ánimos, que los estaba necesitando mucho. Un trabajo de por las mañanas, vamos. Cuatro horas, cinco. Pacomio no tenía problemas graves de salud ni de movilidad. El buen hombre ofrecía una remuneración cortita (tampoco podía ofrecerla más alta) y una habitación. En su misma casa, de hecho, para tener cerca al cuidador. Me libraba con ello, y cómo sonaba a gloria, de la casa paterna. Es verdad que dejaba en Madrid algunos buenos amigos, de los del rodaje. Pero ningún amor eterno, ni mucho menos. Y si me salía algo en el cine, estaba dispuesto a invertir mi sueldito en pagar a un abulense que me sustituyera con el viudo.

El 4 de enero de 2013, dos días antes de Reyes, me fui para allá. Me llevaron mis padres. Iban contentos en el coche. En ocasiones dio la impresión de que de buena gana se habrían echado a cantar las canciones del reproductor, como cuando íbamos a la playa siendo yo un crío.

Llegamos a Ávila. Me dejaron en una calzada adoquinada que embocaba la calle de Pacomio, rogándome que le contara al tío abuelo que había venido en autocar. Apenas le habían tratado nunca y les daba reparo entrar a saludar a un desconocido. Dije que vale. Me donaron una ayuda de trescientos euros, por este favor y por el entusiasmo que les provocaba la expectativa de que a su regreso a Madrid tendrían para ellos solos todo el piso. No se lo afeo. Su vida conmigo siempre tuvo que ser una congoja, de pequeño y de mayor: el niño triste de los Astérix, el adolescente beodo del orujo blanco, el joven desnortado de las horas muertas en casa. Todos estaríamos mejor poniendo tierra por medio.

Tomé la travesía de San Esteban, la vía intramuros en la que vivía Pacomio y en la que se ubicaba la que sería mi residencia a partir de entonces. Llegué a la casa con mis bártulos. Era una vivienda de una sola planta, con un enfoscado rugoso color nada a la que se accedía directamente desde la puerta de la calle. Llamé y mi tío abuelo me abrió.

Es verdad que se le notaba la pesadumbre de la soledad. Pero fuera de eso, el aspecto de Pacomio me causó muy buena impresión. Tuvo que ser guapo de joven, con unos ojos azules y un pelo cano que recordaban al cielo claro con sus cirros por encima. Le metí la mentira pactada con los padres y me entregó una caja de diez pastas que el hombre había comprado en el supermercado como agasajo de bienvenida.

Me instalé en la modesta habitación que me tenía reservada. No me disgustó su austeridad gélida, porque se notaba que había querido esquivarla con la mejor intención. Me había puesto una tele, una radio y un espejo. La prima enfermera cesante había metido internet en el domicilio.

Dediqué los primeros días a hacerme con la técnica de la vivienda: el funcionamiento de la cocina, del baño, de los radiadores. Acordamos horarios. Le pedí una llave de la casa, para poder entrar y salir sin molestarle. Pero no hacía falta. El inmueble tenía instalado uno de esos tecladillos con diez botones del 0 al 9 que resultaron novedosos en los años noventa. La puerta se abría automáticamente con una combinación de cuatro pulsaciones. La de la casa de Ávila era 9538. No la olvido porque es la que utilizo desde entonces para mis claves menos comprometidas.

Con mi libertad de puerta franca localicé las paradas de autobús, un Correos, el consultorio médico y las tiendas de alimentación. Comparé precios y calidad para elegir las buenas.

Como no nos conocíamos de nada, Pacomio me fue dando someramente su biografía. Entre otras cosas, me contó que era natural de Vicolozano, una pedanía de Ávila que aún figuraba como municipio independiente cuando él nació allí en 1942. En 1958 sus padres lo mandaron a Madrid a trabajar. Cayó en Carabanchel (*Carabanchés*, decía él), acogido en la casa de unos primos suyos. Encontró ocupación como aprendiz en una fábrica de cajas y cartonajes del mismo barrio. En 1965 conoció a Adelina en el vecino cine Florida. Se casaron al año siguiente. Tuvieron una hija. Pacomio compró un piso a plazos en 1969, también en Carabanchel. En la empresa de embalajes pasó de aprendiz a operario, y luego a oficial.

Cuando se jubiló, en 2007, cogió a la mujer y se fueron a vivir a Ávila, por eso de mirar la biografía propia desde el balcón del capítulo 1. Le tocaba mirarla sin Adelina desde hacía siete meses.

Era de notar lo solo que estaba. Iba decaído. Era un abatido solitón al que daban ganas de ayudar.

13

El aterrizaje estaba yendo razonablemente bien. Con todo más amarrado, y viéndole la cara triste que llevaba, el primer lunes insté a Pacomio a que saliéramos al día siguiente a dar una vuelta. Para charlar, para orearnos y para levantar el corazón mirando la calle. Estaba haciendo bueno, a pesar de enero. Yo tenía que comprar el martes un cazo, el periódico, macarrones y celo. Recados que haría a primera hora, mientras él desayunaba. Decidimos que mejor quedaríamos ya en la calle, en la plaza que llaman del Mercado Grande, para ahorrarme lo de pasar por casa a dejar las cosas.

La cita era a las doce del mediodía. Llegué a las doce clavadas, que la puntualidad feroz fue otra de las costumbres bellas que adopté del cine. Él ya estaba en la plaza. Había llegado a las doce menos diez. Me riñó porque llevaba diez minutos esperando. Pero no de chanza. Sino en serio, áspero y a cierto volumen.

—¿Quieres un café? —propuso cuando acabó la bronca.

—Venga, vale.

—¡Y si querías un café por qué no me lo pides! ¡Joder! ¡Pídemelo y ya está, déjate de historias!

Tiramos hacia San Segundo. Pasamos ante varios bares. Yo ya tenía sondeado alguno.

—Ese bar está bien de precio —dije yo—. A 1,50 el café con magdalena.

—O sea, los dos cafés a 3, y los tres a 4,50. ¿O no sabes matemáticas? Que mucho colegio y mucha polla y luego no sabes ni matemáticas.

Pensé que quizá salir a la calle le transformaba y lo hacía arisco. Pero qué va. En casa la cosa fue igual.

—Pacomio, ¿cómo se enciende la catalítica?

—¡Coño, pues encendiéndola! —y pulsaba a golpes unos botones que yo no había visto.

Una semana le había durado el trato normal. Actuaba como si estuviera borracho o drogado o sobremedicado. Cosa del todo imposible, porque no probaba ni el alcohol ni los estimulantes ni sustancia alguna, legal o ilegal. Ni a la vista ni en secreto.

Ya no paró de propasarse y de tomarse unas confianzas que nadie le había concedido. Las macarradas campaban a sus anchas. Era muy difícil hablar con él sin que agrediera. Necesitaba soltar su ira durmiente, reñir sin venir a cuento, con una impertinencia gratuita a la que se le olía a la legua el resentimiento hacia al género humano.

Le exculpaba hasta cierto punto su nueva soledad. Pero más allá de esto algo le tenía desquiciado. Alguna cosa rara le había ocurrido para mostrar esa actitud. Qué sería. O eso, o directamente es que era imbécil.

Se presentaba en mi habitación sin llamar. El día en el que le pedí que tocara a la puerta reaccionó fatal, con que si estaría bueno que en su propia casa tuviera que andarse pidiendo permisos. Me llamó «señorita». Me conminó a no cerrar con picaporte. A ratos, mi situación me recordaba a *Corolenda*. Algunas de cuyas secuencias retrataban la difícil convivencia de un joven con un anciano recalcitrante. Mi anhelado acceso al cine venía por la vía expeditiva, metiéndome en pantalla, en vez de colocarme trasteando tras la cámara.

Sabía de todo. Me miraba los cables del ordenador. «Los hilos te están haciendo trenza. Te va a reverberar la imagen.» Sabía de computación digital, el astronauta de él. «Pero vamos, por mi haz lo que quieras. Yo, lo que es yo, no te digo nada.»

Llamaba paleto al de la pescadería porque era de Blascomillán (un pueblo que hay). «Ya me gustaría verte a ti en un Madrid, a ver cuánto ibas a durar», le decía más de veras que de bromas. Y es que se creía supercapitalino. Iba a todos lados con la gorra de visera que alguien debió designar como complemento ineludible para abominar de sus orígenes y pasar por madrileño. Lo vería en una zarzuela de chulapos.

Este no había salido de su *Carabanchés* más que para ver algún año las luces de Navidad en la calle Preciados. Había vivido cincuenta años en Madrid. A mí se me hacía difícil imaginarlo en Bravo Murillo, en la Castellana o en El Retiro. Se me hacía imposible figurármelo en un autobús, en un restaurante, en el fútbol. En Las Ventas viendo los toros, en el Rastro regateando, en El Corte Inglés mismo, subido a las escaleras mecánicas con una bolsa de la mano.

Cualquier tontería que compré (un cuaderno, unos auriculares, unos calcetines) la había mucho mejor y más cerca en sitios que él, decía, tenía localizados. Y de precios, lo que sabía el hombre. Era un *broker*.

—¿Qué te ha costado ese jersey?

—No sé, veinte euros.

—Bobo. En Arranz Muñoz —debía de ser su comercio insignia— lo tenías por la mitad.

En todo me timaron, dijo siempre. «Tanto Madrid, Madrid, y te engañan en provincias.»

Por estar ocupado, yo me buscaba tareas. Intentaba que redundaran en la mejora de la vivienda, que igual así Pacomio me trataba con menos inquina. Se me ocurrió barnizar el rodapié de toda la casa. Como él sabía tanto de comercio y de dinámica de mercados, le consulté. A ver si me podía aconsejar una tienda de confianza donde comprar decapante, rasqueta y barniz. El tío abuelo ofreció coordenadas valiosas y claves decisivas.

—Eso, en algún sitio que lo vendan. Pregunta dónde y que te lo digan. Vas y preguntas: «Por favor, ¿dónde podría encontrar un tal?». Y ya con lo que te digan, vas adonde te hayan dicho, lo compras y ya está. Muy complicado no es, joder. No hay que ser muy listo. Que tú vas de vivo pero para algunas cosas eres un poco cortito.

Como avanzaba enero, llegó mi cumpleaños. Planeé consumir mi tarde libre en la habitación, viendo películas en internet y todo lo que pusieran en la tele. Después de comer, Pacomio se presentó en mi cuarto con el constructo de que no iba a permitir que pasara el día sin compañía. Como quien te viene a hacer el favor de que te va a permitir prestarle mil euros. El hombre había comprado otra caja de pastas de diez uds. Hubo que festejar con él.

Me echó en cara haber nacido cuando nací, mosqueado porque los de mi década éramos unos malcriados.

—Teníais que pasar una guerra para que supierais lo que valen las cosas.

Pacomio era de 1942, como ya apunté. A qué guerra padecida por él se estaría refiriendo. Por su año de nacimiento, a la Segunda Guerra Mundial, que le debió de pillar en la batalla de Midway. Hoy me deseaba una guerra. Cuando llegara diciembre tendría los cuajos de decirme que feliz Año Nuevo.

Luego se empeñó en fumar una faria de celebración. Se emperró en que me fumara yo otra. Se encabritó colérico cuando se la rechacé, que a mí el puro me da arcadas. Lo fumé hasta donde pude. Acabamos los dos potando.

Todo era así. Denotaba un asco al mundo que le cargaba la lengua de nerviosismo. La prima enfermera se había ido a

Dinamarca para mejorar sus condiciones laborales, eso alegó. Pero empecé a barruntarme que se había pirado al Báltico para vivir lo más lejos posible del señor este.

Pacomio era un gran borde. La cortesía tiene una trascendencia mayor de la que aparenta. Como la gárgola de los aleros, que parece un adorno antojadizo y es en realidad un ingenio para echar lejos la perjudicial agua de los tejados. Veía al Pacomio y perdía la fe en el ser humano. Con toda mi vida colgando, ese era un lujo que no me podía permitir.

La cosa era pugnar. Polemizar a la mínima, porque era su herramienta para su verdadero fin: engendrar más discusión, luego más discurso, luego más rato de charla, luego más compañía. Combatir llena más tiempo que concordar.

Lo triste era que su táctica prolongadora estaba en la base de que sus vecinos próximos y remotos, hartos de sus debates gratis para nada, huyeran de él. No le abrían la puerta, no le cogían el teléfono, aducían prisa cuando se lo cruzaban, procuraban no tocarle con las manos, *rebotaban de él*.

Tenía una hija de cuarenta y tres años. Iba muy poco a verle, con la excusa de que vivía en Las Palmas de Gran Canaria. Nos conoceríamos tiempo después. Pacomio hablaba muy mal de ella. En ocasiones parecía que la trataba como si fuera ganado en una granja («La hija mía enmujereció pronto y me la follapreñaron en seguida»).

Muy dramática, la soledad en la tercera edad, y todo lo que se quiera. Pero es que también Pacomio podía haber pensado en lo que le esperaba, cada vez que hizo de menos a su hija. La familia directa tampoco se libraba de su mala baba. Se labraba el abandono como un científico su tesis, con denuedo y convicción. Y luego, a llorar.

Pues claro que estaba solo. Y encima le extrañaba. Era como si uno fuera con abrigo en julio por Córdoba y no se explicara por qué estaba pasando calor. Pacomio vivía colgado como un saco de boxeo con el que nadie quiere entrenar, añorando un par de hostiecitas o tres para tener algo en qué pensar, ansioso por que alguien le diera un poco de conversación.

Nadie le aguantaba. Así que su aburrimiento era cada vez más bestial. La solución estaba en irse al sobrino nieto, con menos práctica o menos arrestos que el vecindario, a meterle a él la turrandraca, al ataque contra quien tuviera delante. Como nadie le aguantaba, sólo me tenía delante a mí. Pero para qué más gente.

Se ponía a rajar de temas surtidos, todos insoportables. Decía Pacomio que los drogadictos aparecieron un poco después de que los quioscos empezaran a vender chicles, regalices y gominolas. Que los niños se acostumbraban a las golosinas y luego buscaban sustitutos en los estupefacientes. Como buen plasta pe*l*manente, de teorías iba largo.

Se había comprado unas cintitas con la bandera de España y las había colgado en la puerta de la calle. Yo amo mucho a mi país, y creo que no hay diseño de enseña superable al nuestro (quizá el de Japón). Pacomio también amaba mucho a su país. Pero de su España adorada no sabía nada. A Alicante, adonde fue una vez con Servicios Sociales, lo llamaba «donde hace calor». No sabía dónde quedaban Jaén ni Orense. Como quien dice, el patriota no había salido de dos o tres calles en su vida. Seguía llamando *Carabanchés* a su barrio después de pasar cinco décadas viviendo allí. De su amada patria no conocía ni el nombre concreto de su distrito madrileño (y él, muy capitalino, de paso, dejaba claro que jamás en su vida había cogido el metro, donde pone bien clarito cómo se llama el barrio). Un día la hija se lo llevó a ver Salamanca. «No me gustó nada», me contó. Si no le gustó Salamanca no sé qué ciudad española le iba a gustar.

La Adelina fenecida era de Ariza, provincia de Zaragoza. El mismo día en el que me lo dijo le conté que fíjate qué casualidad. Que yo había pasado una semana feliz en Teruel. Noté a las primeras de cambio que él no detectaba un hilo entre el aragonés lugar de nacimiento de su esposa y mi aragonés destino de visita. Que no veía razón a que le guiñara el ojo mientras le contaba lo que había visto en la tierra de su mujer fallecida, porque no tenía noticia de una contigüidad reseñable entre Zaragoza y Teruel. Que el patriota no sabía de su país pues nada de nada. Que lo tenía como un saco de nombres sin vínculo ni geográfico ni histórico ni leches. «Teruel, Aragón», dije. Como si no.

Si Pacomio fuera un verdadero patriota no sólo no luciría la bandera sino que *la escondería*. Para que la gente no relacionara a España con él, un tarugo esencial de ignorancia e indolencia. Ignorantes e indolentes hay muchos, pero no desadornamos a nuestro país adosándonos a sus símbolos.

Con este desconocimiento pertinaz de aquello que aseguraba amar, Pacomio recordaba a esos tipos que juran adorar locamente a su esposa. De la que en realidad saben apenas cómo se llama de nombre de pila y la cara que tiene, poco más. Este es el pájaro que le acaba arreando a la cónyuge querida para que se entere de cuánto la quiere.

En él, siempre solo, necesitado del grupo, la bandera era un signo de desvalimiento y de necesidad de refrendo colectivo. Era patriota por déficit afectivo. Por complejo de Edipo.

Poco más tarde se compró una insignia, también con los colores nacionales. La llevaba prendida a la solapa. Le pasaba lo que a los actores malos, que no saben arrancarse con su personaje si no les ponen encima el atrezo que les dé seguridad.

Se declaraba católico convencido. Pero no se le caía el «me cago en Dios» de la boca. Dedicaba gran parte del día a soltar la sólida locución. Para eso creía en Dios: para poder cagarse en Él. Si no existiera, a ver sobre quién iba a descargar. Era católico, y tenía que mencionar el nombre de Dios en vano para acordarse de cómo iba eso del catolicismo. Había cinco imágenes de la Virgen en casa, a las que se les debían de escarnecer los oídos de plástico y loza cuando resonaban las blasfemias rectales de su devoto.

Pronto caí en la cuenta de que ya había pasado yo varios domingos en su compañía. Sin que ni uno sólo de ellos Pacomio hubiera cumplido con el precepto obligatorio de acudir a misa. Apostataba *de facto* cada domingo, y él sin saberlo.

Decía creer en el infierno, el que a mí me remitía al pobre Astérix. Recordé a Pacomio que, según la doctrina, no ir a misa en las fiestas de guardar implica infierno fijo. «Cómeme la polla», contestó. Así razonaba, el teólogo.

Las misas a las que no acudía, el traidor, se celebran en España en recintos que en casi todos los casos son joyas arquitectónicas, que albergan imponentes maravillas escultóricas y pictóricas. Ni por esas. Imagínese cuánto iría Pacomio a la ceremonia de oficiarse la misa en un patio de cemento o en un desmonte. Tampoco le movían a asistir los emotivos gestos expresivos de los oficios: allí se canta, hay responsos del público, que es ente activo. Hay momentos realmente hermosos, vistos desde la fe o desde el puro civismo, como es el «démonos fraternalmente la paz». Nada de esto le valía como acicate. No podía dedicar media hora semanal a una religión que decía abrazar con fervor.

Llevaba los principios morales cogiditos con un velcro. La contradicción tiene buena fama entre cierta pelelería (que si es muy humana, etc.). Pero es un asco del pedo que no tiene justificación. Del cultivo que se haga de ella dependerá que seamos unos cerdazos, unos cerdos o unos cerditos. Lo de Pacomio era una desvirtuación continua, escabechada en contradicciones, e hipocresía, e inconsecuencia, e incoherencia, e inconsistencia, e, e, e.

Al musulmán lo odiaba. Un día se me ocurrió decirle que un cristiano siempre estará más cerca de un musulmán (por muy lejos que esté de él) que un ateo, en cuanto que ambos se entregan a una confesión trascendente. Se ciscó en Alá, pero también en el propio Dios, con las blasfemias demoníacas que no abandonaban su boca.

Pacomio era antiinmigración por pánico. Durante todo el siglo, los datos sobre delincuencia y peligrosidad contradicen los temores de quienes achacaban la parte grande de los delitos a los inmigrantes. Pero a él le daba igual. Lo que sentía por los oscuros de piel era tan irracional como el miedo. Su formación ética era como de videoclub, forjada por películas bobaliconas en las que la tez de tono subido va asociada a la maldad. Pacomio era un acojonado por nada: un gallina presa del horror que le producía un poco de sobrepigmentación de cutis.

Añoraba la autocracia del régimen militar como los hijitos pringados que necesitan un padrecito para que no los pillen los coches.

La democracia le sonaba a que la gente follaba y a ver por qué él no. Como en su vida activa apenas lo cató, se hizo nacionalcatólico y alegaba que su desierto era consecuencia de su ideario, no de que no encontrara oportunidad. El parlamentarismo le caía mal porque dejaba al descubierto que no sabía qué hacer con su puto albedrío. Lo rechazaba porque revelaba que no tenía nada planeado.

Por inercia, Pacomio era monárquico. Pero, sin saberlo, monárquico de Fernando VII, el rey revenido. Él, muy interesado en su país, no tenía ni puta idea de quién fue Fernando VII. Pero intuyo que intuía con el Borbón una junción inmediata, muy empática, muy mental y biológica, biográfica y bioética. Pacomio era monárquico en la medida en que sentía la llamada telúrica de reyes ruines como este, que sueltan alaridos en la noche de la Historia como Pacomio los soltaba en las noches normales, atenazado por las pesadillas producto de sus incongruencias.

Los nacionalismos periféricos le reventaban. Pacomio no tenía ocupación, no tenía amigos, no tenía lecturas, no tenía interés por las cosas, tenía escasos bienes. No tenía apenas nada. Como para que encima le quitaran una región. Con el tiempo fui entreviendo que sus padres (mis tíos bisabuelos, o como se llame eso en plural) se separaron abruptamente. Pacomio era un revirado que no supo superar la disyunción de papá y de mamá, un traumado que no aceptó la ruptura parental y que seguía dándole vueltas al tema de a ver por qué el padre y la madre tuvieron que romper alianza, con lo bien que estábamos juntitos. Este era unionista por conmoción familiar.

He conocido a conservadores coherentes, a tradicionalistas de ideas bien trabadas, a católicos de fe envidiable y a teóricos del libre mercado a los que daban ganas de seguir. Al espesado Pacomio no le pasaba nada de esto.

Vivía aburrido como el dintel de una puerta. En cambio, narraba una autobiografía repleta de vivencias de juventud y hazañas de vida macarruela, con romances, hurtos gamberretes, desafíos a la autoridad y noches de pedo y estafillas simpáticas. En qué momento, me preguntaba yo, se le esfumaron la audacia y el afán de aventura y diversión. Porque la osadía personal se perfecciona, muta a mayores, lima defectos. Pero no se borra. No parecía el caso de este pánfilo amugronado. Porque sus aventurillas locatis no casaban con la vida de rama seca en la que le veía siempre inmerso, mirando al cielo porque a algún lado tenía que mirar. Pacomio vivía desde hacía décadas como una vieja monja paralítica, criando champiñones con el culo en la butaca. Este muermo, plantado como un cardo, adónde habría echado el empuje ese de mozo malote.

A ver si es que nunca lo tuvo. A ver si es que su mocedad de riesgo y amorío era toda una mentira, una automentira que él necesitaba oír para ver de acabar creyéndosela. Igual es que se inventaba sus mierdas, quizá es que se quería reafirmar desesperadamente en que le pasaron cosas. Era muy triste verlo.

No me di ni cuenta, pero una mañana estaba yo silbando *My way*. Pacomio apeló a la canción.

—Esa es de mis tiempos.

Por hilar charleta, por procurar proximidad, por ver si empezábamos a tener una relación normal, contesté cualquier cosa.

—Bueno, esa es de todos los tiempos. Es eterna.

—Eterna vete a tomar por culo.

Lo de Ávila iba a ser duro.

14

Por las mañanas no podía evitarle, porque yo estaba allí para trabajar en sus cuidados. Pero por las tardes me metía en mi habitación, entrecerraba la puerta que él no quería que cerrara del todo y me tragaba sesiones de horas y horas de películas, seriales, informativos y anuncios. Tanto en la tele (la que me puso el viudo) como rascando por internet (la que instaló la prima) como con mi MP3 (el que me regalaron cuando el cumpleaños de Sixto). Todo con los cascos puestos, que son como dos señales de dirección prohibida para pesados.

Él notó que yo le eludía. Yo noté que él me echaba peligrosamente de menos. No a mí, que cabía dudar de si se había quedado acaso con mi nombre. Sino a alguien cualquiera con quien pelar la pava para combatir el hastiorro de los días.

Se levantaba por la mañana. Leía el periódico, se hacía una sopa de letras (era muy aficionado) y ya después todo lo demás era mirar una pared, con ganas de que pasaran las horas para poder irse a la cama otra vez. Aburriéndose mortalmente como un búho disecado, el angustiado Pacomio buscaba más trato. A mí me tenía cerca.

Se me hacía el encontradizo. Daba cosa cuando se asomaba a la puerta del cuarto, haciéndose ver, exhibiéndose como un besugo en la lonja de pescado, ofreciéndose como la pieza sabrosa del mercado de amigos. Yo me aferraba a mis auriculares y le emplazaba por señas para un luego que nunca llegaba. Él insistía en su desfilar melancólico, echando despistadas miraditas a mi estancia, a ver si el habitante se salía un rato a echar una parrafadilla, a tirar el vidrio en el contenedor correspondiente mientras charlaban sobre esto o sobre aquello.

Era grimoso verle, haciendo ronda como una casamentera, en la esperanza de recibir un saludo prometedor, exhibiendo sus encantos con la expectativa de que yo me arrimara a pegar la hebra al amor de sus aromas oferentes. Hacía pasillo con sus ojines nostálgicos, pidiendo nueva plática, rezongando rogativo y lanzando furtivas miradas a mi puerta, demorando el paso y, sin saberlo, haciendo de amante suplicante de forma indigna. Un día me dejó unas peladillas encima de la colcha, como reclamo para ver de volver a nuestro compadreo. Otro día me dejó en la almohada más pastas de las suyas.

Veía a la vagarosa camelia desde donde no pudiera verme y se me arremolinaban dentro la risa, la lástima, y un gozoso placer por comprobar cómo penaba uno que se ganaba la pena a pulso.

Pero había una reflexión que me hacía dormir revuelto. Pacomio era un Sixto, si bien conmigo haciendo de Tiedra. Dios, la manta de pelmadas que me echaba encima. Luego me daba por cambiar la perspectiva y me torturaba pensar que quizá lo que estaba pasando era que yo estaba haciendo mal mi trabajo. Es decir, que yo me estaba comportando como un Sixto de manual. Según lo cual, yo era Tiedra y Sixto a un tiempo, a ratos cada uno.

Me comía la mala conciencia por sospechar que no estaba haciendo lo que se me había encomendado, como en su día el Delegado. Nuestra relación no era buena, cierto. Pero si había un desencuentro, mi deber (humano y profesional, si es que lo mío era una profesión) era arreglarlo. No podía quedarme de brazos cruzados dejando que se nos pudriera la convivencia. Había que perseverar, coger el toro por los cuernos y cumplir, para no ser un Sixto inútil. Iba a arreglarme con él.

Una mañana vi la ocasión. Yo cocinaba una tortilla de patata. Estaba en el momento delicado de deslizar hacia la sartén la mezcla de patata hecha y huevo batido, para conformar el sabroso disco. Entreví al Pacomio por la raja de la puerta de la cocina. Me pareció más apesadumbrado que de costumbre. Le saludé, priorizando la humanidad sobre el tenedor. Vino feliz al quemador, me agradeció el saludo, nos pusimos a hablar de no me acuerdo qué y le propuse ir al día siguiente, a paso sosegado, hasta el parque de San Antonio. Ya puestos, que nuestra cumbre de paz fuera en la calle, con más cuerpo de cita. Adelante. A instancias mías, esta vez quedamos en salir juntos de casa. No fuera a ser que volviera a echarme en cara su propia impuntualidad (por defecto). La tortilla no se me quemó demasiado.

Al día siguiente, Pacomio se puso su mejor prenda, el loden bueno. El loden es ese abrigo de lana fuerte y color verde oscuro que se llevó mucho en los setenta. Se le llamaba también «austríaco». Pero él al suyo lo especificaba como «loden-versión-capote», y así denominaba a su atavío. Era cierto, no era tanto un abrigo como una capa sajada por los lados para sacar los brazos. Lo había comprado en Arranz Muñoz, claro.

Salimos de casa. A la altura de San Vicente, le disparé una idea cordial. Se me había ocurrido la noche anterior, mientras trazaba un plan de conciliación y mientras me comía una de sus pastas. Le propuse algo gordo, de un día entero juntos. Que qué le parecería que nos fuéramos un día de excursión a Madrid. A que recordara viejos tiempos, a ver cómo seguía la capital. Que podíamos ir en autocar, hablando de lo que se nos ocurriera. Llegar a Madrid, comprarnos algo raro, comer por Legazpi. Bajar a Carabanchel, subir a Atocha. Y luego ya de tarde-noche, vuelta para Ávila.

Pues bien. Se arrancó con un «no» bien plantado. Que las carreteras estaban fatal y que era peligroso. Contrariado, le dije que yo había llegado a Ávila precisamente por carretera y que la había encontrado en muy buen estado. «¡Y un *cagao pa* tu boca!», exclamó con elegantes palabras.

Joder con el amistoso. La cosa era rozar. Juraría que si yo hubiera afirmado lo contrario, que la pista era un desastre, Pacomio me habría salido a contradecir igual y con el mismo tono corroído, acusándome de cobardica acojonado por unos baches del firme que sólo veía en mi imaginación. Porque la carretera estaba inmejorable.

Él llevaba semanas implorando un poco de compañía porque no tenía con quién vivir su esparcimiento. Cuando se la dispensaron, casi por humanitarismo, reapareció el menda traidor chorreando inconveniencias, meteduras de pata y palabras gruesas. Vaya mecánica: condescender con él, intentar acercársele y recibir en agradecimiento sus malas formas y sus impertinencias. AnorMan.

Pero no podía desanimarme. Debía insistir en mis nobles intenciones. Por aquello de repartir juego, y porque quizá no me estaba abriendo demasiado, le hablé de mí. Poco tenía para relatar. Pero encontré tema en los que fueron mis días felices. Le conté que había pasado muy buena época trabajando en el cine.

Se fastidió otra vez. Como llamándome gorrón, afirmó que el cine era = subvenciones (una verdad tan a medias que es del todo una mentira completa). Se ciscaba en la gente que las recibía. Creo que en el fondo era por algo que me había contado al poco de llegar yo, cuando me habló de su biografía. Pacomio había pedido una subvención en los ochenta para ver de abrir un despacho de pan y leche en su calle. Se la habían denegado. Por lo que le saqué, debió de presentar la solicitud escrita a boli, con las cuentas mal hechas y en la ventanilla que no era.

Pero él ya tenía discurso contra la inversión pública para toda la vida.

A mayores, como yo defendí el cine, Pacomio se rio de que yo hubiera pretendido dedicarme al oficio. Me preguntó si era actor o director, las ocupaciones que le sonaban. Le conté que había estado pues de lo que había estado, de meritorio. Ahí se rio más. «Fracasado», me llamó en voz alta. Aquello me provocó el dolor profundo de las verdades, vengan o no a cuento. Ya me lo repetía yo todo el tiempo como para que se me incorporara una segunda voz.

Yo no pude llamárselo a él. Quitando el intento de la panadería, al que sólo dedicó dos tardes, Pacomio nunca había fracasado. Pero porque nunca había intentado nada. Era un miedoso que llevaba toda la vida haciéndose el valiente. Daba que pensar que tuviera tan marcado el espíritu de competición un pavo que no tenía habilidad ninguna y que perdería en todas las pruebas en las que se pusiera a rivalizar. No sé durante su antigua vida laboral madrileña. En Ávila, era tan vago que bostezaba durmiendo.

Por lo que llevaba yo recopilado de su pasado a lo largo de varias semanas juntos, Pacomio no aprendió prácticamente a hacer nada, apenas folló lo justito, se aburría como una carta extraviada, nadie le quería, ganó menos dinero del que creyó merecer. No tenía qué mostrar para desmentir que había pasado por la vida como la luz a través de un vidrio, sin quebrarlo ni mancharlo. No podía aportar un diplomilla, un cajón reparado por él, una nota de amor, una medallita conmemorativa, una mención en un boletín. O un fracaso doloroso, que también cuenta y puntúa triple. Nada.

En vez de hacer por crecer, tiraba para abajo las consecuciones de los demás para intentar equilibrarse con ellos. Era su forma de equipararse con el resto. Aguar el vino ajeno para poder cotejarlo con el propio sin pasar demasiada vergüenza. Afearle sus logros al prójimo era su táctica para enrasarse con el común. Nivelaba su miseria pacomiesca a base de *miserabilizar* la vida de los otros. Es el comportamiento habitual de quien vive como un muermo porque le asustó echarle a los días un poco de borrasca, no fuera a ser que le saliera mal. Depreciaba lo de los demás porque así apreciaba sus logros. Creía que sus oquedades no eran producto del terror sino de la prudencia.

No le dije nada de todo esto. Como le pasó a Tiedra con Guillermo, no se me ocurrió qué decirle hasta una semana después. Cuando «ya era tarde para respuestas audaces».

Durante los días previos, con sus caritas y sus ronroneos, él había poco menos que suplicado el paseo por Ávila. Eso no fue óbice para que lo terminara con su escabrosidad natural.

—Venga, vámonos ya que no vamos a estar todo el día por ahí como dos mamarrachos.

Qué majo. Un hombre (yo) se apena por otro porque este segundo está muy solo. El primero se decide a pasar la tarde con él, por empatía hacia sus semejantes. El semejante resulta ser semejante cretino, un impertinente que encuentra divertido avergonzarme por todas las cosas, tantas, que me estaban saliendo mal. Ese era el esquema.

Saben los cielos que intenté suavizar sentimientos y compaginar puntos de vista, y que hice lo que pude. Pero con él no había forma. Lo nuestro no tenía arreglo. Pacomio llevaría su herida en el alma, o lo que fuera. Pero qué difícil era pretender entenderse con él.

15

Con este panorama, las más de las tardes me iba de casa. Por escapar de Pacomio, evidentemente. Pero también por ver cómo era Ávila. Vivía en una ciudad en la que no conocía a nadie, a mis socializantes veinte años. Pasó mucho tiempo hasta que alguien me llamó por mi nombre por primera vez (fue la de la panadería, cómo se lo agradecí). A cada poco me topaba con la muralla, a la que oía decir: «Hale, otra tarde de aburrirnos los dos. Si me jodo yo, te jodes tú». El frío, pues era muy intenso. Moquillo, legañas y lágrimas de relente se me quedaban escarchadas, y me ponían en la cara un granizado *frappé* compuesto de humores congelados.

De cine autóctono haciéndose, por supuesto a olvidarse. Busqué, no obstante. Encontré una Asociación *Doctor Caligari | Zhivago | No*, que eran unos que cogían el coche a veces y se iban a Madrid a ver películas. Nunca los llamé, que creo que por entonces empecé a desarrollar olfato para saber dónde meterme y dónde no. Por otro lado, Caja de Ávila había estado convocando un concurso anual de vídeo. Concedía tres entrañables premios en vales de veinte, cincuenta y cien euros para gastar en comercios locales. Un año antes, en 2012, y como tantas entidades de ahorro provinciales, Caja de Ávila acababa de saltar por los aires.

Lo que sí hacía mucho era ir al cine. Yo solo, a ver si no con quién. Para acordarme en pantalla grande de mis días mejores. Lo de ir a la sala me sacaba de casa. Veía gente, me compraba un bollo. También hice lonchas y lonchas de tiempo en la biblioteca que encontré en la plaza de la Feria, un lugar en el que se estaba rotundamente bien ya desde antes de entrar. Me atiborré a leer. Me dejé capacidad de visión, y la doy por muy bien invertida.

Pasaba la vida sentado. Sentado en mi habitación, sentado en el cine, sentado en la biblioteca, sentado en el duro granito de los bancos abulenses para hacer tiempo antes de volver a la silla de mi habitación. El culo se me acecinó.

Los momentos rutilantes eran cuando a veces me llamaba Ramona, la mujer de Relatora Films aficionada a las evoluciones de Sixto. Eran minutos de fruición grande, orgullo, un honor, porque su llamada me hacía creer que no había soltado del todo los lazos con el cine. Cuando colgábamos me tenía que ir a la calle a que me diera el aire, de la melancolía que se me quedaba metida.

Siempre le pedía trabajo, tragándome la vergüenza por estar dando el coñazo. La respuesta nunca era demasiado alentadora. Esa era la parte mala. La buena era que Ramona me traía noticias de mi fantasma favorito. Sixto la seguía liando en Relatora, que para eso en vez de talento, sin apellido, tenía talento para estropearlo todo, con apellido, genealogía y heráldica.

La llamada que me hizo Ramona a principios de marzo traía una información de peso. Según me contó, llegó un momento en el que ya nadie se explicaba que se siguiera manteniendo a Sixto en Relatora. La facción contra él engrosaba en miembros y motivos día a día. Hartos de pagar platos rotos, varios empleados se pusieron farrucos en la productora. Lo de ayudar al familiar desubicado tenía un límite. Guillermo le tendió muchas más manos de lo que la prudencia y la fraternidad pedían. Pero al final, a instancias del inminente motín y a regañadientes, no tuvo más remedio que largarlo.

La cosa se ponía emocionante. A ver por dónde salía ahora el astro del antimérito y de la contraadmiración.

Como dije, poca gente me ha fascinado tanto como Sixto. Por mucho kilómetro que mediara entre Ávila y él, siempre me las arreglé para seguirle la pista. Iba yo de sabuesillo, admirado por el armazón mental de este particularísimo entusiasta de la irrealidad. Claro que uno procura fijarse en quienes hacen las cosas bien, tropa mucho más numerosa de lo que nos creemos. Pero mi sensor para encontrar a los seres virtuosos tenía un reverso tenebroso en Sixto, y yo merodeaba por internet, el radar de colorines, y por la Ramona espía, buscando *de él.* Como si para mí fuera un superhombre con una máquina cerebral que le llevara siempre a ver las cosas como no son, entre el trastoque neuronal y la genialidad desencuadrada.

Con Pacomio me estaba ocurriendo como con Sixto. Era tan insufrible como asombrosamente hipnótico. Le evitaba, pero cómo me atraía mirarle. Si dejaba mi puerta abierta 15° le veía en el salón a través del espejo que colgó en la pared de mi cuarto. Yo lo giraba convenientemente y le buscaba. No podía apartar la vista de él. He aquí, pensaba, un esquema humano infrecuente, un bicho raro de una especie soberana. Por ello, por singular, me interesaba todo lo suyo. De hecho le sacaba fotos furtivas para verlas después y examinarle también en su ausencia. Disparaba percatándome de que el salón de Pacomio representaba para mí un microzoológico que me hubieran puesto enfrente.

Cómo podía seducirme tanto ver a este pegote. Concluí que era porque me tomaba como un golpe de suerte gratis el hecho de que me hubiera tocado ser cualquiera menos él. Que todo individuo se sentiría afortunado mientras se cotejara con este señor.

La emoción aumentaba cuando me ponía la radio en el móvil y veía al tarugo con música de fondo. La costumbre derivaba habitualmente en carcajadas que tenía que ahogar. Le asignaba lo que estuviera sonando. Juntaba el audio a las imágenes pacomianas, como en una película figurada. Las canciones alegres le hacían ridículo, y las tristes, más.

Daba una cosa... Sinfonías, cuartetos, canciones exaltadoras de la amplitud del espíritu humano. O jolgorio y cachondeo, *funky* negrote. Pop chicle, música de autos de choque o de tragaperras. El fondo *trance* causaba un estupor picudo con el que daban ganas de eructar. Lo mismo que recordar su año de nacimiento y colegir que, por edad y generación, acaso el hombre estuvo en Woodstock, en Wight, en movidones de aquellos (sí, claro). Imaginarlo allí, pegando botes y jurando lealtad eterna al rocanrol. Espasmos.

No había una sola canción, pieza o tema que le quedara mal. Todas, toditas le hacían encima un efecto demoledor, en todas las facetas de la dramaturgia, en todas las versiones del musical sobre escena y en todas las abstracciones fílmicas para bandas sonoras. Y mientras me veía mis videoclips mentales, el Pacomio miraba el reloj no fuera a ser que se le hiciera tarde y llegara a deshora a su muerte (las diversas marchas fúnebres de la música universal le quedaban sobrecogedoras).

El tío abuelo era pelagatos clínico. No se lo habían diagnosticado porque no había ido al médico. Pero era como si hubiera que llamar al especialista para que certificara que un menda es cojo porque le falta una pierna, o que es manco porque del puño de la camisa para afuera nada le aflora. Pacomio era el que poco menos que se cree que los fotógrafos se esperan a las diez y diez para hacerle la foto al reloj que se va a anunciar en una revista.

En mí crecía la sospecha, es verdad que infundada, de que a Pacomio lo había puesto en Ávila la Diputación Provincial para que los ciudadanos nos riéramos en los ratos muertos. O para que nos animáramos en los momentos de aflicción, pensando que peor sería ser él. A las gentes, Pacomio no es que les pareciera un atún. Más bien es que se lo notaban. No había suposición sino certeza.

Como Sixto con la locución «ser bastante inútil», Pacomio contribuía a acotar conceptos sinuosos. Parece temerario, por muy complejo, querer definir un término tan relativo como «ser bastante básico». Pero sólo lo es hasta que se nos cruza un sujeto al que la expresión le viene como un guante a tenor de lo que hace, dice u omite. Esto pasaba con Pacomio, que regalaba una definición plausible: «Un "bastante básico" es un prenda que necesita al prójimo para que le haga compañía. Y va y lo espanta». Si lo que hace un pavo se parece a eso, se puede utilizar el sintagma sin precaución semántica o ética. El elemental que era Pacomio iluminó la concreción verbal del término valiéndose sólo de su *estar*, ayudando en las investigaciones sobre significantes y significados que anteriormente impulsara Sixto. Entre ellos dos fijaban más conceptos que la Academia entera.

Como ya se dijo, ni ser un inútil (Sixto) ni ser un básico (Pacomio) es grave en sí. Son pecados que merecen toda la indulgencia porque todos incurrimos en ellos en una u otra medida. Cometidos con la soberbia impetuosa que exhibían ambos, la cosa en cambio rechinaba mucho.

Fue por entonces cuando empecé a padecer los, llamémoslos, abrasamientos nocturnos. Eran como amargores del ánimo que me entraban por las noches y que me despertaban a base de angustia revenida. Pillaban el fin de un sueño de los que no producen narrativa recordable, y me ponían en tristísima guardia, tristísima, entre un dolor horroroso y una pena inmanejable hacia mí mismo. Se me pasaban si me incorporaba, si dejaba la cama, si me ponía a caminar por la habitación respirando hondo.

Las pesadillitas eran el toque de aviso de que las cosas no iban bien, por mucho que estuviera calmado por el día. Que tampoco lo estaba, qué coño lo iba a estar.

Me levantaba por la mañana y volvía a encontrarme con Pacomio. Por hacer de tripas corazón me distraía pensando en que estaría bien decirle un día: «¡Menudo plan llevas, vago! ¡Todo el día mano sobre mano!». Que era la turra con la que su generación atormentaba a la mía. Podríamos seguir: «¡Y el estado pagándote la pensión para que tú estés todo el día sin hacer nada y a la sopa boba!». Incluso: «¡Subvencionado!». Con secuencias como estas fantaseaba.

«Fantasear», había dicho. O lo que es lo mismo, imaginar situaciones proyectadas en la mente como en una pantalla. Entonces se me iluminó la cabeza. Me deslumbraba este señor. Así que le iba a hacer su vídeo. Un docudrama cutre sobre él, con la cámara de mi teléfono. Es decir, un reportaje sobre el día a día de un individuo cuya forma de estar en el mundo me tenía obnubilado.

Se lo presenté como una tarea de elaboración en común, y que a futuro nos valdría de álbum de fotos en movimiento. Pacomio aceptó de mil amores, encantado con la idea de pasar unos días con algo que hacer y con alguien con quien parlotear. Con él de protagonista.

El problema de aguantarle se iba a convertir en una solución. Doble, además: solución para llenar el tiempo y solución para hacer una cosa que, echándole mucha voluntad y mucha imaginación, se me pareciera lejanamente a algo que oliera a rodar.

16

Grabamos durante dos días, paramos otros dos y seguimos otros tres. Quedó una cosa de diez minutos.

Para empezar situando, Pacomio salía en el salón de su casa. Ya iba subiendo la voz cuando aseguraba que en 1967 España era la tercera potencia económica mundial. Para callarles la boca a los escépticos, blandía un libro que había publicado poco menos que la editorial PichaTiesa. Parecía maquetado por un mejillón. Posiblemente fue escrito por el mismo equipo multifunción que se habría currado otro, en el que se decía que en 1967 España ocupaba el puesto ciento veintitrés en el *ranking* del desarrollo. Todo con las mismas deducciones venturosas sobre datos improbables, para el consumo de Pacomios de toda ideología.

Grabé sus cuadernos de sopas de letras, combados por la presión del boli, apretados por el entusiasmo de unos aciertos que él celebraba mucho. No pocas veces resolvía las sopas de modo unilateral, personalísimo, según le pidieran encontrar hortalizas (TOLITOS), países africanos (MBONGO), ciudades de Francia (DOUCELNT) o científicos españoles (RAFA). Adivinaba todas. A veces le pedían veinte nombres y él encontraba veintidós.

Se mostraba la accidentada relación de Pacomio con el periódico. A veces confundía el chiste sin palabras con el jeroglífico, porque no entendía los dibujos. Y a veces confundía el jeroglífico con el chiste sin palabras, porque le hacía gracia que vinieran las ilustraciones amontonadas al buen tuntún. Medio suponía que el sudoku consistía en sumar los números que se dan impresos. Estaba a un tris de concebir que hacer el crucigrama iba de pintar de negro los cuadrados blancos.

Nos marcamos unos exteriores. Se le veía por la calle escupiendo en el suelo y sonándose a pinza, sin pañuelo, después de llamar guarros a los que llevaban el pelo largo. Salía dando agrias indicaciones sobre el uso de la herramienta a unos poceros que bajaban a una alcantarilla, después de que me solicitara ayuda para abrirle una lata de Fanta. Aparecía instruyendo a las de la panadería acerca de cómo informar sobre los precios, después de que fuera incapaz de dar correctamente su número de teléfono a un viejo que se encontró y con el que quería quedar para ir de paseo.

Quedó curioso el episodio en el que Pacomio cuenta, mientras transita por el salón, que él está con los gobiernos que le garantizan que nadie le va a quitar lo que es suyo. El momento bueno es cuando se le muestran tres gráficas de diferentes fuentes en las que se ve que, según su renta y la renta media, él estaría muy lejos de tener que donar nada en un hipotético reparto igualador de bienes. Más bien le tocaría bastante choja.

Él, en sus trece, que no, que no, que él tiene un nivel, que las gráficas están mal, que la pantalla desde la que se las enseño está rota, que me vaya a la mierda. Ya metidos en el tema de su patrimonio, la cámara se va a sus posesiones: figuritas de loza de las que vienen con unas peladillas dentro, un boli bueno, las bolsas de plástico de la compra usadas de panera, de cubo de la basura, de cajón de los cubiertos y de depósito de bolsas redundante. El Aironfix imitando madera, en vez de madera. El Aironfix imitando azulejos, en vez de azulejos. El lavabo, con tapón pero sin cadena. El bidé, con cadena pero sin tapón. Usos que en otra persona habrían denotado un laudable amor por la sobriedad y por el aprovechamiento de las cosas, en el aspiracional con ínfulas Pacomio remarcaban un no saber quién se es, que en cámara quedaba muy resultón.

Enfocara a donde enfocara se veía su pobreza, la que él negaba. La pobreza es una contingencia revestida de dignidad, un estimulante punto de partida, una eventualidad muy didáctica y, si se puede, acaso reversible. Para Pacomio, que no veía la suya por ningún lado, era en cambio un estado humillante. Él lo arreglaba sintiéndose clase media, y a correr. Pero pobreza era. Y en su escenario hogareño, lo que no era pobreza era desidia. Allí lucían la indolencia de la ropa amontonada en las sillas, por mucho que yo se la metiera en el armario, y la dejadez de la banda de cinta de embalar haciendo las veces de pestillo en la puerta del váter. Abatimientos del ánimo que casaban tan mal con su soberbia imperativa y su afán por imponer sus soluciones campanudas a los individuos y a las sociedades. A dónde vas, Pacomio, con tus consejos. Si no tienes ni para ti.

Y él, abriendo puertas y armarios desaforado, loco por rebatir a quien pretendiera rebajarle la clase socioeconómica. Enseñando a carne abierta la intimidad doméstica a la que de ninguna de las maneras habría dado acceso habiendo cámara de por medio.

Fundía a encadenado. Pacomio, a continuación, volvía a la carga con sus diatribas contra las razas exteriores, mientras el vídeo mostraba las banderitas de la puerta. Yo le chinchaba un poco. Le decía que desde un punto de vista puramente ultrapatriótico, y sin salirse de la retórica del propio Pacomio, cualquier negro que hubiera recorrido 2.000 kilómetros para venirse a Ávila, fuertote por tanto, paciente, arrojado, sería habitante preferible a ti, Pacomio. Si quisieras hacer a España *great again* habría que poner al inmigrante saludable y valiente, andarín como el Bach de Relatora. Y quitarte a ti, que estás achacoso y no eres muy listo. Con lo de «no muy listo», Pacomio perdía otra vez los papeles. Que si vete a que te jodan, que si cómete mis cagaos, etc. En pantalla quedaba bastante bien, con su vena de la frente toda gorda en primer plano, que parecía el gasoducto ese que viene de Argelia. Y excitado, expeliendo su 1 cm^3 de perdigones al minuto, que en varias ocasiones conseguí iluminar adecuadamente para que irrumpieran en plano como un cuerpo de baile en un musical.

Un martes encontré cincuenta euros escondidos en el cajón de los cubiertos. Se los cambié de sitio para ver qué hacía. El miércoles, cuando oí un manojo de gritos, entendí que los echaba en falta. El jueves, cuando lo mismo, comprendí que los había encontrado. Metí sus berridos en el vídeo, sobre su imagen o la de sus posesiones. Siempre quedaban absurdamente bien. Porque daban mucho espanto primero y mucha risa después. Con uno de esos, el más escalofriante, acababa mi videcito. En plano estaba él, durmiendo en su cama, ajeno al mundo, y el aullido en audio por encima. Lástima, la cámara no registró el olor a esquijama que había siempre en su dormitorio.

No sé cómo quedó. A mí desde que lo hice se me pasaron los abrasamientos y las pesadillitas. Suficiente recompensa.

A finales de abril tuve otra llamada reseñable de Ramona. Tras pedirle con gran apuro, como siempre, que me tuviera en cuenta si se enteraba de algo en cualquier rodaje, me relató la última de nuestro entigrecido héroe.

Enquistado en lanzar su obra y su nombre al público, Sixto se abrió una página web. Ahí dentro se presentaba simpáticamente como ofreciendo sus servicios. Remitía a *Corolenda*, su hito personal. Hablaba de la película como si hubiera roto esquemas en lo creativo y en lo comercial. Revelaba curiosidades y truquitos de rodaje de un filme que nadie recordaba.

Puso un nombre a su escaparate digital: *Creando Cine (CC)*. Con marca tan rebuscada, pues como para encontrar la web en

Google. Salía hacia la página 25 o 30 del buscador. Sé de las dificultades para dar con ella porque la busqué mucho, siempre embrujado por los devaneos erráticos del Sixto irrigador.

La paginuela incorporaba un blog. Sobre cine, claro. Se llamaba *Séptima (P)Arte*, un juego de palabras lioso y reseco como lo que luego escribía dentro. Para la primera entrada metió unas fantasías sobre el largometraje que tenía en eterna fase de escritura, pero cuyo rodaje anunciaba inminente. Luego encajó un artículo sobre la comedia americana. Cuando fueron los premios Goya, pegó la lista de las películas galardonadas. Lo mismo cuando los Óscar.

Después pasaron semanas, meses y años de sequía. Que dura hasta hoy. De la web y de su blog nunca más se supo. Lo cual no significa que Sixto desistiera de sus anhelos expresivos ni de sus ansias comunicacionales, como se verá.

A finales de mayo, la melancolía se me agarró a las meninges. Es muy duro estar solo cuando el clima se pone como se pone en Ávila cuando llega el tramo último de la primavera.

Una tarde, motivado por el buen tiempo, Pacomio se marchó a la plaza de Zurraquín a comprar un almohadón. Como siempre, me dijo que si le acompañaba. Como siempre, le dije que no podía, alegando cualquier memez. Si él salía, yo me quedaba, y viceversa.

Ese fue el día (memorable lunes, 3 de junio de 2013) en el que mi permanencia en casa se invistió de particular incidente. Quiero decir que me fui a mear y que cuando salí, pues me encontré a un tío en el salón. A oscuras, de malas, de delito in fraganti. Que estuvieran robando en un hogar que me daba arcadas me tenía que haber dado igual. Pero verle allí de sopetón me removió resortes que yo cada día creo que tengo más preparados para la contundencia. Le incardiné al intruso una hostia que sonó a como suenan en las películas. Luego lo recogí y lo llevé a la cocina a darle cura.

Era un varón de cuarenta años sin ningún aspecto de lumpen. Iba vestido como de domingo, de hecho. Ante el té que le preparé, a ambos ya nos empezó a hacer gracia la poca pinta que teníamos él de asaltante de domicilios y yo de vigilante jurado. Hablaba un poco medio guiri. Se llamaba Bertrand. Bertrand García.

Me picaba la curiosidad sobre cómo había conseguido entrar. Me lo contó. Él había visto que la puerta se abría con el sistema de teclado del que ya hablé cuando recordaba mi llegada a la casa de Pacomio, el que funcionaba marcando una clave de cuatro cifras. Las posibles combinaciones eran cientos. Sin embargo, se podían reducir considerablemente. Todos los botones estaban roñosos. Menos el 3, el 5, el 8 y el 9, que eran los que los legítimos moradores pulsábamos para entrar. Esos, por el uso, estaban brillantes. Las cuatro teclas delatoras acotaban las opciones a veinticuatro intentos. La puerta se abrió a la de quince.

Lo más intrigante, no obstante, era otra cosa: por qué alguien quería entrar en una casa en la que todo el botín que podría llevarse era una lata de betún color burdeos, las pastas 4ª a 10ª que nadie quiso el día de mi cumpleaños y acaso el libro sobre avistamientos de ovnis, naves muy probablemente tripuladas por los marcianos que irían metidos dentro.

Se lo pregunté. Bertrand no venía a mangar nada, sino a algo bien diferente. Una semana atrás se había cruzado en un lateral del Mercado de Abastos con un señor que llevaba tan digno un abrigo rarísimo (el loden-versión-capote, vamos). La prenda le fascinó. Siguió al hombre por Ávila hasta que este llegó a su casa. Bertrand sintió grandes deseos de ver cómo era la madriguera de ese tipo. Si un día detectaba señales de que el señor se ausentaba, el sistema de teclado se lo pondría fácil.

Yo no entendía nada. Me sonaba todo a una mentira descomunal. Así se lo dije. Bertrand contestó que eso de meter las narices en los sitios era una cosa que hacía mucho, casi nunca con tanta suerte como para que el mecanismo de apertura le permitiera pasar de la puerta. Todo le interesaba, desde chiquito-pequeño. Era curioso de nacimiento.

Siguió hablando. Contó que hacía un rato había visto al señor del abrigo en la plaza de Zurraquín y que ahí se le abrieron los cielos. Corrió a la casa del hombre. Sin saber que dentro había bicho.

Todo me estaba pareciendo una tomadura de pelo. Pero me oía reír a mí mismo por lo que estaba pasando y me daba cuenta de que si todo aquello era mentira, me la estaba tragando tan feliz. No lo era, como pronto empezó a verse.

Luego le enseñé la guarida pacomial, para que no diera por perdida su misión. Y cuanto más confuso y más azaroso era lo que le enseñaba, más entusiasmado quedaba. En estas estábamos cuando cayó en la cuenta de que Pacomio no llevaba el loden-versión-capote (junio ya) cuando le vio en la plaza. La prenda debía de estar en casa, guardada en su armario. Ya había sacado su cámara cuando me pidió que a ver si podíamos ir a verla.

—¿Te gusta ese abrigo? ¿Saldrías la calle con *eso*?

—Nunca. Pero si lo tengo metido aquí —cámara blandiendo— me voy a sentir mucho mejor.

Cómo no, siempre oportuno, en esas llegó Pacomio, con el almohadón nuevo. Hubo que abortar lo del ropero. Presenté a Bertrand como un contusionado al que había recogido en la calle (lucía rojo de cara). Quedé en un aparte con él en que sacaría el loden-versión-capote de casa y que se lo llevaría para que lo mirara todo el tiempo que hiciera falta.

17

Hubo dos momentos en los que pude anticipar que Bertrand se iba a convertir en alguien muy importante para mí. El primero fue durante la primera noche que salimos por Ávila, sólo tres días después de nuestras accidentadas presentaciones. Él se iba encontrando con amigos y conocidos. Dos personas de dos grupos diferentes nos dijeron que se notaba todo que Bertrand y yo éramos compadres desde hacía años, y que llevábamos toda la vida entrando, saliendo y creciendo juntos.

El otro fue algo después. Lo contaba un amigo suyo, uno que un miércoles nos invitó a ocho a comer en su casa. Vivía en las afueras, en una quinta grandona muy maja. Después de la comida, unos se dedicaron a jugar al Scalextric y otros a mirar las adelfas. Al anfitrión le entró hambre de dulce. Se fue para la cocina. En el pasillo oyó los sonidos violentos de una pelea, que venían de un cuarto cerrado: trastos cayendo, exclamaciones, resoplidos, barullo de tumulto. Abrió la puerta para detener la lucha, y de lucha nada. Éramos Bertrand y yo en uno de los ataques de risa que solían darnos.

Se dedicaba a rodar anuncios. En cuanto me lo dijo, la tarde en la que quedé con él con la excusa de llevarle el loden, concebí nuevas esperanzas de volver a la cámara. Duraron poco. Bertrand estaba totalmente descolgado del gremio en España.

Hacía años que sólo rodaba un *spot*, uno sólo, cada dieciocho meses. Y en Quebec, siempre para la misma marca de perfumes y pijadas. Cuando tocaba, cogía un avión y pasaba dos semanas trabajando en Canadá. Con la burrada que cobraba vivía con cierta holgura en Ávila, que era la ciudad en la que quería estar. Y así, hasta la siguiente campaña. El día en el que nos conocimos acababa de volver de la última.

El padre era español. La madre, holandesa. Él era de Madrid, pero llevaba seis años viviendo en Ávila. Ya lo dije al hablar del día en el que le pegué: en lo tocante al atuendo, exhibía unas pintas de apanarrado que echaban para atrás. Pero eran puro camuflaje. El que le permitía entrar a todos sitios, con su aspecto de inofensivo despistado. Loco por mirar, se metía en las iglesias clausuradas, en los cines abandonados, en los almacenes, en los despachos oficiales, en los cuarteles restringidos. Si luego decidía que quería fisgar más a sus anchas, daba por hecho que en ciudad tan manejable siempre conocería a alguien que le abriera las puertas. No se equivocaba. Y en caso contrario, se fijaba en qué botones del teclado estaban brillantes y cuáles no, y para adentro...

No se había licenciado en nada, no timaba a Hacienda. Apenas hablaba de sus parientes, pero se olía a millas que su familia debía de tener influencias en las altas esferas. El poderío de Bertrand no estaba en sus contactos, sino en que no los utilizaba. Era un rico de esos a los que no se les nota el dinero, cuando lo tienen. Y a los que seguimos percibiendo como ricos cuando sólo reúnen poco más que lo justo para vivir, como era el caso. Es decir, era un rico de verdad.

No quería sus recursos si no era para proteger su independencia, su predio vergeliano, sus ganas de arquear la espalda para sacudirse la galbana. Lucía la expresión no verbal de quien ha conseguido mucho más de lo que esperaba, lo que le hacía por tanto inasequible a la envidia. No tener ansias de gloria le blindaba contra todo tipo de pesares y le hacía inmune a los microchantajes de la vida laboral cotidiana. Le libraba de trabajar en lo que no quisiera, y le inducía, sin necesidad de más reflexión, a hacer siempre lo que le viniera en gana (andar fisgando por la calle, básicamente). Le exoneraba de aguantar a nadie y le permitía hacer la vida que hacía.

Era un fracasado a ojos del común de los abulenses: siempre le veían andando por ahí, aparentemente sin rumbo, con las manos en los bolsillos, mientras todo el mundo laboraba. Se daba por hecho que este vagaba por la ciudad por la negra inactividad a la que le había arrojado el desempleo, y levantaba la lástima entre sus desinformados conciudadanos. Mejor así, que cuanto menos se supiera de él, o más erróneo, mejor. A veces fingía como que hacía cola ante una ventanilla y lo que estaba haciendo era ligar en la fila.

Como no madrugaba, ni comía precisamente mal, ni sufría desgaste físico o moral, aparentaba diez años menos de los que tenía. Se había divorciado de una mujer muy bella, que se había quedado en Madrid. Era una penalista brillante a la que le hacía feliz, mucho, trabajar bajo presión inaguantable. Divergían, claro. Pero hablaban maravillas el uno del otro.

Al llegar a su edad se había dado cuenta de que todo le había salido extraordinariamente bien. La cuarta o la quinta parte de la narrativa mundial versa sobre unos mendas que al llegar a los cuarenta (como los de Bertrand) se dan cuenta de que sus sueños, qué fatalidad, no se han cumplido. A este le había ocurrido todo lo contrario. No valía para narraciones universales.

Mucho antes por afición que por lucro, pillaba ingresos extra de los recursos menos pensados. Sólo un ejemplo. En verano recolectaba *agallas de escaramujo*. Es un burruño vegetal que se asemeja asombrosamente a un arbusto a escala de tren eléctrico. La casa alemana Noch, especializada en escenografía para modelismo, le pagaba un bello precio por cada gramo de aquello. A quién se le iba a ocurrir que el miserable matojo ese de las veredas tuviera valor ninguno. Este tío vivía de haberse fijado antes en lo que le rodeaba. Así de simple y así de así.

Era muy cansado que existiera. Porque era agotador el trabajo de gestionar la admiración que me provocaba.

Al paseante Bertrand le salió un compinche vespertino de caminata. El otro ocioso de Ávila. Yo mismo. Ir con él era como volver a los ocho años.

Tenía pocos amigos, muy leales (algunos le llamaban *sire*, como a Bonaparte). No pegaban unos con otros, lo que daba idea de cómo Bertrand, en materia de amistad, hacía a todo. Su círculo más próximo lo formaban varios hombres y mujeres entre los que se detectaba la tradición revoltosa de las ciudades comuneras. Las que guardan un pasado de rebelión que nunca ha dejado de vivir latente. Las zaheridas por los gravámenes, las levas y los ninguneos de dos dinastías foráneas (una austríaca y otra francesa) sin llegar a acallarlas del todo. Alguno me echaba un poco para atrás. Pero en conjunto, me entusiasmaban ellos, encantados con su hábitat.

Estaba en el grupo uno que trabajaba colaborando en el diseño de piezas para los alerones de los transbordadores espaciales, desde un palacete frío y antiguo que se caía a cachos. Otro tenía un restaurante en el que servía el flan con dos obleas de comulgar pinchadas de pie («Dame dos hostias» era la gracia que se soltaba en su comedor). Estaba la mujer que había creado una empresita que te lo arreglaba para visitar la casa en la que hubieras vivido antaño, negociando los detalles con los moradores presentes. Había varios funcionarios autonómicos (entre ellos, la novia de Bertrand) y tres profesores del muy reconocido gremio de la enseñanza abulense. También andaba por ahí la del teléfono de atención al cliente de las sardinas Cuca. Llevaba su móvil a todos lados. No llamaba nunca nadie, quién iba a llamar a eso.

Bertrand vivía en una casa curiosísima al final de la calle Médico Fernando Tomé, con un árbol de copa gigante a la entrada. Pero donde pasaba más horas, y donde sus amigos cercanos le encontrábamos, era en un local semiclandestino del que nunca supimos si lo tenía a renta, si era suyo, si no era de nadie o qué. Desde la vía pública, el espacio era uno de tantos negocios cerrados que abundan en Castilla: persiana metálica echada, mugre en las cristaleras cegadas, óxido en los herrajes y pintura decapada por el frío. A fuerza de verlo candado, los ciudadanos lo daban por muerto. Tanto que si alguna vez se oía algo dentro, se suponía que un gato andaba enredando por entre las estancias. Se entraba por el portal de al lado. Allí, refugiados por décadas de inactividad, enmascarados por la convicción universal de que en el local ya no había nadie ni lo habría, teníamos los de Bertrand nuestro centro de reuniones.

En el espacio había reconstruido algo parecido a un bar, sólo por darse el gustazo de volver a fumar en uno. Faltaba la tragaperras, pero no la tele puesta en *mute*, la mesa buena al lado de la estufa, el bote de las propinas y el espumillón famélico que se colgó una Navidad y que allí se quedó para siempre. Se fumaba allí gordolobo, una fea mala hierba de sabor nada desagradable que crece en el campo a kilos y con la que se eludía el gravadísimo precio del tabaco de estanco. Y se bebía un mejunje que pasaba por ser el combinado corporativo. En principio iba compuesto por naranjada y aguardiente, en honor al verso de Góngora. Como no sabía muy allá, agrio y seco, se le añadió Drambuie, y su dulzor lo corregía del todo. Bertrand y los suyos lo llamaban *draguanja*, por juntura de sílabas diversas de sus ingredientes. Me gustaba cómo se enfrentaban al alcohol. Se tomaban el brebaje anaranjado y lo demás era autógeno, no había transfiguración espectral, no volaba humo mental, iban sin ayuda, iban solos, iban sin gasofa de apoyo. Aquí nadie bebía para entender quién era. Lo cual me pareció, cuando menos, insólito, y cuando más, revolucionario. Jamás pasé más sed que viéndolos a ellos calmársela con su cóctel privado.

El agosto de 2013 fue estridentemente caluroso en Ávila. El segundo fin de semana no vino nadie al local secreto, que todo el mundo tuvo que irse con su familia a donde las vacaciones. Estábamos Bertrand y yo solos hablando de relojes de calle, lo que da medida de lo profundo de los temas que solíamos tratar. Él me enseñó una foto en su móvil, en la que se veía el reloj de la estación de tren. Luego otra, y luego más, de los temas más diversos. No sé, vi unas cien. Bonitas, intrigantes, y cada una con un relatito anexo. Joder, lo tenía fotografiado todo. Había hecho de Ávila un plató natural con lugares, objetos, vestiduras, personas y efectos lumínicos.

En ocasiones, tras meterse bien de *draguanja*, me venía con la fantasía de que andaba detrás de rodarse él algo suyo, sin agencias ni historias. Tenía por delante casi año y medio de asueto, hasta el siguiente Quebec. Plazo que se había marcado para convertir unas ideas sueltas en algo tangible. Pero no lo acababa de pillar. No le salía. Tenía poco más que unos folios escritos por una cara, o media, llenos de tachones.

Estaba acojonao. Se tenía Ávila triangulada, se tenía localizados interiores y exteriores (tenía examinado hasta el salón de Pacomio, no digo más). Había fichado mil rostros vistos por la calle y entre sus conocidos. Era propietario de una cámara que él calificaba de «maja» (un camarón que hacía de todo, eso es lo que era). Más algún farol, más un micrófono lindo. Pero no se decidía.

Para entonces yo ya estaba frito de oírle siempre lo mismo sin que hubiera progresos significativos. Entendí que le asustaba lanzarse a hacer algo germinado por él desde el principio. A mí, que este tío fuera capaz de dirigir a un equipo de no sé cuántos en sus anuncios, cada uno de un país, con los armatostes de que si grúas y faroles raros, eso me admiraba. Rodaba anuncios de dos minutos con el presupuesto de una película española de hora y media, y con el talento suficiente para manejarlo todo. Sin embargo, el miedo a hacer lo suyo le tenía atrancado. Eso me mosqueaba bastante. Debíamos ponernos. Joder, estábamos en Ávila. Lo que rodáramos iba a ser para nosotros. No teníamos por qué quedar bien con nadie porque no nos jugábamos nada.

Yo había notado que Bertrand agradecía enormemente cualquier ocurrencia para hacer el cabra. No siempre la encontraba. Así como los niños demasiado avispados se aburren en el colegio, porque todo lo que se explica se lo saben, así él se aburría en ocasiones y por la misma razón. Era un hombre a días demasiado metido en su modorra, perplejo ante lo fácil que la vida se lo ponía. Por ahí le ataqué, echándole más tacto del que acabo de echarle ahora. Y el otro, dudando.

Perseveré. Pasta no haría falta. Y si un proyecto la necesitaba, lo descartaríamos, nos inventaríamos otro y hala, a ahorrarse euros y disgustos. Teníamos el local secreto, que nos valdría de plató cutre cuando hiciera falta. Y las cuatro luminarias suyas, y su cámara de gatillo fácil, y lo del sonido. Podíamos subir a internet lo que saliera, y hacernos la ilusión de que lo vería alguien. Todo estaba a favor.

Luego me casqué una soflama que me quedó muy bien, poque me la creía firmemente. Dije que teníamos que hacer algo, que no íbamos a estar viviendo aplatanados como el viejo Pacomio. Que lo íbamos a pasar muy bien creándonos problemas. Que no debíamos desaprovechar ninguna ocasión de hacer el chorra, ahora también en formato audiovisual. Que era necesario grabarnos a nosotros y a nuestros amigos para ver cómo éramos en el pasado cuando viviéramos en la residencia de ancianos.

Bertrand seguía sin verlo claro. Hasta que hice una cosa que no me había atrevido a hacer antes por vergüenza. Le enseñé el vídeo de Pacomio. Era una muestra mala de cómo podíamos funcionar y del tipo de cosas que podíamos contar. A mí el documentalín tampoco me parece gran cosa. Igual era objetivamente incluso un rabo de película. Pero a Bertrand le gustó mucho, qué le vamos a hacer. Le gustó de verdad. Creo que fue mi estupidecita audiovisual lo que acabó de convencerle. Porque le convencí.

Lo que me callé en mi argumentación entusiasta fueron mis amarguras internas, las que enlazaban con lo que estaba proponiéndole. Esto es, que no pude hacer nada por enderezar *Corolenda*, desde la posición irrelevante de mi meritoriaje. Y que había fracasado en mi procura de sanear la relación con mi patrón Pacomio. Que no iba a estar así siempre, o fallando por escalafón o fallando por falta de fuerzas. Lo de hacer nuestros peliculillos me daba una oportunidad de organizar algo en lo que yo mismo tuviera capacidad de incidencia. Es verdad que hablaba por mí, pero le incluía a él porque me hacía falta su apoyo. Le incluía a él como si Bertrand tuviera la vida tan descosida como la tenía yo. Que vaya temeridad, con lo bien que se lo tenía él montado.

Nos sentamos a concretar qué era lo que íbamos a rodar. Nos daba apuro llamarlos así, pero teníamos que mirar de escribirnos unos *guiones*. El asunto era imaginarnos piececitas, las que nos gustaría ver a nosotros. A Bertrand le pesaban los meses previos, todo agarrotamiento. Pero por mucho que él dijera lo contrario, su cerebro era un batiburrazo de ideas. Cómo no iba a serlo, si llevaba toda la vida estudiándolo todo. Yo hacía lo que podía. Creo que le sentó bien pensar a dos bandas. Y a mí más todavía. Con él enfrente se me ocurrían muchas cosas. No sé cómo, pero nos pusimos a apuntar temas en una hoja y tuvimos que sacar otra. Nos acabamos comprando un cuaderno, y luego otro para tener cada uno el nuestro.

Había algunas ideíllas de ficción, para las que podíamos recurrir en la parte actoral a los amigos de Bertrand. Cuatro o cinco de sus leales se daban muy buena mano. Los demás harían de sí mismos. Décadas de interiorización del personaje les cundirían bien.

Aparte de que nos tiráramos a grabar historias inventadas, lo cierto era que circulaban por la región tíos y tías extraños y reales. Merecían una visita para recabar sus testimonios, a cámara atenta y a micro receptivo. Más fácil.

Había que ponerle un nombre a nuestro grupúsculo y a nuestro canal en internet. Yo propuse Weimar, por la ciudad alemana sobre la que había leído en la biblioteca de la plaza de la Feria. A finales del siglo XVIII, Weimar es un enclave no demasiado grande a cuyo frente está la regente Ana Amalia de Brunswick-Wolfenbüttel. La mujer se empeña en atraer a su municipio a las luminarias de la época, a quienes ofrece su patrocinio y su protección. En Weimar se instalan Goethe, Schiller, Herder, y de ahí para abajo. El hijo de Ana Amalia, el duque Carlos Augusto de Sajonia-Weimar-Eisenach, continúa la labor heredada hasta su muerte en 1828.

Pasándonos de frenada, yo quise ver que lo que íbamos a hacer allí, en Ávila, iba a tener una cosa en común con lo que se hacía en el Weimar de Ana Amalia y de Carlos Augusto. No, desde luego, el talento de sus protegidos. Pero sí una circunstancia que a mí me llenaba de alegría: que íbamos a estar haciendo nuestras coñeces en una ciudad alejada de las grandes urbes donde se supone que se hacen las cosas, como los alemanes míticos estuvieron alejados de la capital Érfurt, de Berlín, de París, de Viena. Ellos se quedaron en Weimar, tan contentos, a lo suyo. Nos alineaba con la banda de notables el hecho de que haríamos lo que nos diera la puta gana en una ciudad pequeña y a trasmano, sin que nadie viniera a molestarnos ni a meternos prisa. Apartaditos, a nuestra bola y sin Sixtos.

Nos hicimos un logo. Lo teníamos de insignia, condecoración o galón, no sé, como capitanes de navío en coña marinera. En el blasón salían dibujados un botijo y un mechero de yesca. La temperatura alta y la corriente de aire arruinan el frescor y la llama. Los dos inventos de nuestro logotipo mejor funcionan cuanto más calor y más viento hace, respectivamente. Son humildes cachivaches que, a más sofoco y a más soplido, mejor resultan, porque rinden gracias al mismo contratiempo que solucionan. Nos trataríamos de estructurar como nuestros dos trastos.

A los cachitos que pretendíamos grabar, montar y sonorizar los llamaríamos «filmoides».

Cada vez que me acuerdo de lo que fue Ávila a partir de entonces tengo que tomarme un tiempecito para que se me quite la sonrisuela feliz de la cara, y poder seguir luego contando las cosas con cara normal.

18

Empezamos a grabar nuestras sandeces. Ya pasaba pocas tardes en casa. Pues ahora, menos. A Pacomio no le hacía gracia, pero yo alegaba excusas de gran variedad: que me había matriculado en una academia para preparar oposiciones, que venían unos amigos de Madrid, que me iba a ayudar en una mudanza. Los pretextos a veces se solapaban y se contradecían, no había quien se los tragara. Pero daba igual. Total, Pacomio nunca escuchaba.

Y luego, a grabar. A rodar, que yo lo llamaba así, que sonaba con más empaque, para creerme que estaba haciendo algo de categoría.

Tirábamos en las mil ubicaciones que el gran fisgón había localizado. Todas inéditas para la audiovisualidad, iluminadas por la inédita luz abulense y escenario propicio para registrar el inédito acento abulense (que existe, aunque se crea que no).

Como yo había estado en un rodaje medio normal, a los que venían con nosotros les parecía que yo era Garci (Bertrand les parecía Scorsese). Se me seguía dando bien lo de cumplir con el plan previsto. Aún conocía poco la ciudad, pero me las arreglaba para que todo estuviera en su sitio a la hora de preparar y de rodar. Me salía bien hasta lo que hice mal. Un día que íbamos a serrar mucha madera para un decoradito me fui a comprar mascarillas para no chuparnos el polvo del serrín. Me lié y en vez de pillar de las de carpintería cogí de las quirúrgicas. Se rieron de mí. Años después, en marzo de 2020, los de Weimar eran los únicos de la ciudad a los que la pandemia de covid-19 les pilló con protección.

El dinero lo ponía Bertrand. Los filmoides apenas costaban pelas, por lo que perder por hacerlos era muy difícil. Iban fabricados sin el satinado del dinero (que, la verdad, en Madrid tampoco fue nunca para tanto) pero con el brillo del sagrado albedrío (que en Weimar siempre fue para tanto y más). Cuando grabábamos, yo llegaba a casa hecho polvo. De currazo extenuante, extenuante como la práctica del sexo humano. Así de extenuante y así de bien.

El 23 de enero de 2014 volvió a ser mi cumpleaños. Me pilló rodando filmoides. No le dije a nadie que era mi aniversario. No fuera a ser que le *postcelebraran* el cumple a un meritorio weimariano para expresarme que estaban todos de mí hasta las pelotas. No daba la impresión, pero por si acaso.

(La felicitación de Pacomio estuvo a la altura del personaje. Cumplía veintiuno: «Pues prepárate. Que a partir de los veintiuno ya es todo para abajo». Así era de guay).

Por buscar yo también escenarios válidos, y creo que en realidad por imitar a Bertrand, empecé por mi cuenta a meter las narices en locales ajenos. Con el gran pudor de quien se siente allanador, me vi una noche dentro del portal de un edificio de barriada. Animado por el ejemplo de la audacia bertrandesca, me puse a subir pisos. Entonces oí cómo alguien empezaba a bajarlos desde algún rellano superior. Me eché a sudar, porque veía imposible justificar mi presencia allí. Entre dar por cierta la verdad (que yo era un mirón entusiasta, influido por el astro de Bertrand) y verme como un merodeador con ansias de hurto (iba nervioso y despeinado), nadie iba a optar por lo primero.

Al fin nos cruzamos. El que bajaba era Bertrand, dado a su pasatiempo favorito.

Dos veces nos pegaron mientras rodábamos. Una vez con cachavas, unos ancianos que creyeron que los estábamos grabando y nos salieron muy jurídicos con que si los derechos de imagen. La otra fue con unos chavales que nos amagaban con atropellarnos con las bicis, por pasar la tarde. Les recriminamos su actitud, no encontramos puntos de confluencia y volaron hostias como elepés (sobre nosotros, mayormente). Bertrand, en medio del peligro real, se partía de risa y me exigía la acometividad del día en el que nos conocimos. En ambos conflictos nos hicimos con planos y audios de pelea muy verosímiles.

Al de los alerones de las naves espaciales le pegó un calambrazo un día, por unos cables sueltos de una farola. «Tanta física que he estudiado, y mira», decía mientras se volvía para casa.

No llevábamos gran despliegue, pero los municipales sí nos molestaron alguna vez por venir a ver qué estábamos haciendo y con qué permisos. Bertrand se ponía a hablarles en inglés canadiense y nos dejaban en paz. Se sentían amilanados ante un individuo al que creían procedente de nación opulenta. Y más si vestía de esa guisa tan decorosa.

Un día, Bertrand y yo nos dimos un porrazo en una moto. Nos cerraban la tienda en la que teníamos que comprar dos botes de cinco kilos de esmalte para pintar unas sillas. Por ganar tiempo, cogimos el ciclomotor del tío del restaurante de las obleas. A la vuelta derrapamos y nos fuimos al suelo. Dolió mucho. El adoquín antiguo se va suavizando por desgaste con el paso de los años. Este lo acababan de poner. Fuimos al hospital en previsión de daños internos. Allí nos enteramos de que los dos teníamos el mismo grupo sanguíneo raro (el B). Nos reímos mucho de lo asquerosamente cursi que quedaba el que fuéramos tan amigos y que los entresijos de las sangres nos coincidieran. Las sillas a esmaltar quedaron perfectas.

De los filmoides, unos me convencen más y otros menos. Dos, para mi gusto, quedaron de vergüenza de puro mal. Eso sí, fue fabuloso fabricarlos todos.

De ficción era el cortito que rodamos sobre un tal Pedro, uno que no paraba de beber y de liarla. Sus amigos, que lo eran de verdad, estaban hasta los huevos de sus pedos. Hacen una fiesta. Pedro se empapuza, cómo no. Al día siguiente todos le miran como raro. Pedro se percata, e inquiere. Se lo cuentan. «Que ayer follaste con tu hermana.» Es todo mentira, es idea de la hermana. La treta funciona. Pedro deja el alcohol para siempre.

Hicimos el reportaje de los guiris que se pasaron un año en las ciudades del Duero para estudiar el que (eso les habían dicho) era el mejor castellano del mundo. La cara que se les quedaba cuando les comunicábamos que iban a volver a sus países infestados de leísmo y abrasados de laísmo, confundiendo «tirar» por «caer» y «dejar» por «quedar». Pronunciando *ésito*, *aztor*, *coluzna* y *Egizto*, y con un acento que, según varios fisiólogos de la percepción, mueve al desasosiego en el receptor. Menudos disgustos se llevaban.

Le dedicamos un docudrama a uno de Salamanca que se había acabado convenciendo de que había dirigido dos largometrajes. Por más que los buscamos, no había rastro de ellos por ningún sitio. En el docu se iba viendo que el que nunca los hubiera rodado no le apeaba de la convicción de que sí, sí y sí, él los había hecho. También era ensayista. Había registrado nada menos que 1.053 —1.053— títulos en Propiedad Intelectual. Los que encabezarían libros que ya escribiría algún día. Pero que, mientras tanto, quería tener protegidos para que no se los pisaran. Le contamos que un título no se patenta, y que yo puedo titular como me dé la gana sin consecuencia alguna. El hombre quedó estremecido. Ya de paso le comentamos a cámara abierta que lo de sus dos películas era mentira. Salió huyendo, asfixiado de verdad y agobio, no sabemos a dónde. Nos regaló con ello un inquietante y bello final.

Fue especialmente difícil organizar el reparto en ese otro proyecto del crío de diez años que se enamoraba de su profesora de inglés. Qué simpática tesitura, la del aún niño que lanza sus primeros anhelos al despertar de la mocedad. La cosa era que la profesora *le correspondía.* Emprendían su noviazgo. Eran muy felices. Teníamos idea de hacer una serie de seis episodios. Pero grabando el cuarto, los padres del actorcito nos lo arrebataron. Supongo que hicieron bien, porque el romance se afianzaba muy a mayores. También fuera de la ficción. Los tres primeros capítulos quedaron muy bonitos, y me consta que muchos espectadores buscaron los siguientes (que no existían) con mucho ahínco.

Estaba el filmoide de un señor al que sus vecinos le tenían por chalado porque regaba las flores de plástico. Le tomaban el pelo drásticamente. Al final se veía que lo que estaba haciendo era echar agua a las plantas con la regadera para quitarles el polvo, que es como mejor se limpian.

Nos fuimos a Arenas de San Pedro a ver a un pavo que era licenciado en Derecho y en Medicina. Había escrito un libro de ayuda para condenados a muerte, con consejos del tipo de dormir mucho, comer bien, ver mucha tele, mirar por la ventana, estar tranquilo, nada de drogas, nada de alcohol y buscarse un hobby. También era doctor en Filología Hispánica, tenía más horas de aula que la pizarra.

Hicimos otro documental sobre un maestro jubilado que vivía en Labajos. Se inventaba unos refranes que daban un asco del copón, medio incomprensibles y con la rima donde su puta madre. El tío los recitaba tan ufano: «No seas arisco y llegarás a rico». «Quien a menudo se pone cogorza, pronto se agosta.» «Cuidado con el orgullo, que te llevará al *sepulto.*» «Si quiero bebo, pero luego me dolerá el *cabezo.*» «Casa húmeda y antigua, prepara la piragua.» «Sin lluvia septiembre, vaya cochambre.» A este le encasquetamos el loden-versión-capote de Pacomio, que había que sacarlo sí o sí y que parecía cortado para él.

Llevaba aires de serie la ficción que grabamos sobre un tío al que le encargaban vídeos de promoción turística los ayuntamientos de los pueblos más horrorosos. Llegaba el pobre a la localidad y se las veía negras para sacar algo decente. Nos hinchamos a rodar horripilancias de esas que asombran y hacen reír a partes iguales. En tres ocasiones, reeditando, vendimos de paso sendos capítulos a tres ayuntamientos. Encontraban sus pueblos bellísimos.

Otro vídeo fue para grabar, y de paso instituir, el acto anual en el que se deposita una corona de cardos podridos en el panteón del criminal Severiano Martínez Anido, enterrado en el cementerio de Valladolid.

Iba de amor el vídeo de la dependienta de la juguetería Toy Planet, una joven que cobra 674 euros al mes. Conoce a un teleco que cobra 3.250 euros. Se enamoran. El teleco es un gorrón con todas las letras. Empiezan a salir.

A la mierda de edificio imbécil que arruina la plaza del Mercado Grande le sacamos mucho partido. Todo lo despreciable y mezquino que ocurría en las historias que contábamos lo localizábamos allí, como marco adecuado.

Otro corto, en el que se lucieron los de caracterización y vestuario, era el de la mujer que se echaba de novio a un chico guapísimo. Este la llevaba a comer a casa de sus padres para presentarle a su familia. Que resultaba ser una banda de repugnantes sin lavar, con unas pintas de desgraciados que revolvían el estómago. En la casa los vasos se pegaban a los muebles de tanta grasuza. Ella ama a su novio, pero le retumba en la cabeza que sea vástago de aquellos podridos costrones humanos. Dudas. Devaneo para arriba, devaneo para abajo, estos dos se pasaban casi todo el tiempo follando. Para ser sinceros, la historia esta era porno tal cual. Pero vamos, por tocar todos los géneros.

Tuvimos hasta un encargo. La Escuela Nacional de Policía, ubicada en Ávila, nos encomendó la realización de un documental sobre su día a día. Hecho con las mejores intenciones por nuestra parte, el trabajo pretendía realzar los valores de entrega, atención, disciplina y servicio público del cuerpo. Por más que intentáramos lo contrario, los de la Escuela acababan apareciendo siempre como un grupo de perdidos, prosaicos como ellos solos, escaqueantes vocacionales y entusiastas del desentendimiento. Nos lo pagaron de mala gana. Pero nosotros lo colgamos en nuestro canal porque era una risa.

Estaba el reportajito sobre ciudadanos a favor o en contra de los castigos corporales públicos como opción penal. Pero para Billy el Niño, Carlos Fabra, Villarejo, Rodríguez Galindo, jambos de esos. «Yo estoy en contra, pero iría a verlo.» «Yo estoy a favor, pero a puerta cerrada.» «Yo iría como voluntario para aplicar el castigo, sin ninguna duda.» La gente opinaba cosas así.

Yo lo que sé es que estaba haciendo algo parecido a rodar. En cutre, de a tres céntimos, a camarita viuda de grúa y huérfana de luminotecnia, con una panda grotesca de reunidos. Pero me volvía a los zapatos el polvo de rodaje, el específico revitalizante. No se parecía lo nuestro a lo de *Corolenda*, todo máquinas rulando. Pero porque no se parecía a nada. Alguna diferencia tenía que surgir del hecho de que estuviéramos inventándonos la forma de hacerlo. Aunque en lo más hondo, era igual en esencia: emoción, calamidades, intriga a quintales, camaradería, dudas, noes y algún sí de vez en cuando. Pero sin que nadie nos dijera lo que teníamos que hacer ni cómo. Y que si alguien sí lo hacía, no fuera un pringas que pasaba por allí. Me seguía acordando de Sixto.

Era muy riquito verse metido en una cuadrilla de descarriados que había conseguido en una ciudadita chica lo que se supone que sólo otorgan las ciudadonas grandes: rodar cosas. Y que lo habían hecho con una sola autoexigencia: no andar dependiendo de este ni de aquel. Con el único compromiso de hacer las cosas a nuestro modo, sin más límite que nuestras cortas capacidades y nuestras largas ansias, toma ya.

Es muy posible que en cada ciudad del mundo haya un Weimar. En muchas ocasiones estará oculto, y por eso no se le ve. El de Ávila yo sí lo veía. Lo tenía entre mí, como un peluche con el que se duerme para tener algo a lo que saludar por las mañanas.

Un día estábamos rodando un tramo del Adaja en el que parece que la corriente del río sube una cuesta, la muy contra natura. Sin previo aviso, Bertrand me dedicó el mayor gesto de confianza que me habían enviado jamás.

—En el próximo anuncio —dijo— te vienes conmigo a Canadá.

En diciembre, Bertrand se iba a Quebec a rodar su *spot* dieciochomestral, o como se llame a lo que ocurre cada setenta y ocho semanas. Me asustó mucho la perspectiva de ir para allá. Me parecía cretino por mi parte. Tenía muy claro que iba a ir para hacer el paleto, en un set en el que me sentiría perdido como si me hubieran metido en un transbordador interestelar de los del hombre del calambrazo. Me negué.

—Y además, no sé inglés.

—En Quebec hablan francés.

—Peor todavía.

—*Balai.*

—Qué es eso.

—Escoba. Para barrer el suelo no tienes que saberte más palabras.

Estaba exagerando. Pero quería llevarme en serio. Quería que yo anduviera por ahí, como un ayuda de cámara particular. «Consultándote cosas», dijo. Yo, a todo esto, haciéndome de rogar, no sé por qué. Acaso por pánico (haciéndome de rogar ante mí mismo, entonces). «Es que lo haces muy bien», me dijo. Con mi nula experiencia en recibir felicitaciones, yo no sabía dónde meterme. Bertrand insistió. Que me iba a encontrar con gente asombrosa. Que pagaban a lo bestia. Que a ver, que si él se había dejado convencer para liarle a rodar filmoides, yo tenía que dejarme convencer para irme a Canadá a rodar modelos.

No supe qué alegar. Entonces a Bertrand le cambió el gesto. Me habló mal. Pero para bien.

—Estoy hasta la verga de tu complejo de inútil. Yo no conocí al director, al Tiedra ese del que me hablas mucho. Pero a veces me recuerdas a él, tanto menospreciarte y tanto infravalorarte.

Tenía razón, el impertinente de él.

Decidido. Quedamos en que en diciembre nos íbamos para Quebec. Qué miedo más sano.

19

Con tanto Bertrand y con tanto Weimar, yo estaba pasando mucho de Pacomio. Es verdad que no había color entre la ratonera de casa y el Ávila entera, toda abierta para usarla a favor. Pero tampoco podía dejar tirado al tío abuelo. Le tenía muy, demasiado abandonado. Era imprudente (y muy desleal) estar haciendo tanta dejación de lo que de todas formas seguía siendo mi empleo. Sentí que debía pasar más tiempo con él, por costoso que me resultara.

Así lo hice durante varias sesiones, tanto de mañana como de tarde. De entre las que destacaría dos episodios que me hicieron conocerle más. Ambos de carácter familiar, por cierto.

Una tarde salí de mi cuarto y me fui a verle al salón. Le encontré acaso menos cafre, pero no sé si era una valoración mal tasada por el hecho de que ahora andaba yo mucho más contento. Cuando me quise dar cuenta me vi *sentado*, hablando con él. Tratamos temas agradables. Salió hasta la remembranza de su mujer difunta. La echaba de menos.

—Tiene que ser bonito el matrimonio —no sé en virtud de qué experiencia hablaba yo, pero me pareció correcto soltar eso—. Juntos, ser uno —muy bonito—. Contarse las cosas, compartir aficiones.

«¿Qué aficiones?», pensé para mí. Si este estaba siempre a nada. Pero me acordé de una o dos que sí practicaba.

—Ir de paseo, las sopas de letras...

—Sí hombre, las sopas de letras. No sé cómo. La tía no sabía leer.

Adelina era analfabeta. Tiene que ser raro pasar los años viendo dibujitos por todos lados, a base de rayitas y circulitos destacados sobre fondos contrastados. Que todo el mundo es capaz de descodificar para enterarse de las cosas y de los que uno no entiende ni papa.

—Cómo que no sabía leer... ¿Y eso?

—Pues que no aprendió.

—Pero ¿porque no quiso o porque no pudo?

—Pues...

Tardó lo suficiente en responder como para entender que, contestara lo que contestara, dejaría claro que la Adelina sí quiso. Pero que nadie le enseñó.

—No... Es que... no quiso...

Lo llamativo era que Pacomio, que mal que bien sí leía y escribía, viera normal el analfabetismo conyugal durante décadas. Me dejaba alelado que no comprara unos cuadernos, un lápiz y una cartilla y se aplicara a instruirla, que qué menos. Conociéndole, Pacomio permitió la sequía de letras porque le convertía en el académico de la casa. Se sentiría mago interpretador, traductor iniciático, criptógrafo en submarino de guerra.

Llamaba la atención ese su patriotismo banderil. Que convivía con el hecho de mantener a su mujer alejada de la letra. Una brutal humillación nacional, en la que Pacomio mantuvo a la nación hasta que su señora finó. Este alfeñique, con qué derecho se permitía exhibir su amor a la patria. Cuál era la aportación a la grandeza del país de un sujeto que no se había molestado ni siquiera en enseñar a leer a su mujer. En la medida en que pisaba él este solar, este solar perdía enjundia, desactivaba su potencial y se diluía en la bajeza. Pacomio, mientras permitía la ignorancia en su esposa, hacía exaltación de la patria a la que estaba empequeñeciendo. No sé por qué me molestaba en acercarme a este indigno.

El segundo episodio fue cuando vino de visita su hija. La de Las Palmas, la que apenas se pasaba ya por la casa paterna. Se trajo a su niña de cinco años, nieta de Pacomio. Buena ocasión para hacer un poco de vida de familia (a efectos de genealogía, familia éramos. Aunque no nos hubiéramos visto en la vida).

Como su padre, la mujer también era de ideas nacionales y católicas. Sin ser ello óbice para que hubiera incurrido en todos los pecados sobre relaciones sexuales y matrimoniales que su propio conservadurismo radical prohíbe. La vástaga patriotona le había puesto a su hija el españolísimo nombre de Vaishali, en otro revés de su sentimiento nacional descarrilado y patoso.

Pacomio quería que la visita fuera bien, pero se le notaba nervioso. Le había comprado a la niña un molinillo. Era ese tambor de plástico unido en horquilla a un palo, con figuritas dentro que sonaban al rodar. El juguete era una reliquia del pasado. Yo ya sólo lo había visto muy de cuando en cuando en el *stock* sin salida de las tómbolas exangües, en tristes quioscos paralizados en el tiempo y en tienditas de alegría arrasadas por el abandono.

Con un esfuerzo que le honraba, Pacomio desplegaba sus intentos por infantilizarse para acompañar a la nieta. Con sus pelos de los huevos hirsutos y la mollera llena de pesadillas, sudaba sus afanes por compaginarse con la nena, poniendo la vocecita melindrosa que entendía al parecer como habla y tono adecuado para niños, echando mano de lo que recordaría de la tele, reproduciendo programación matinal *para los más peques de la casa*, por resultar abuelete majo y dilecto.

Sentí una gran pena por Pacomio, el tipo al que odiaba. Mi antipatía se asandgüichó con mi lástima. O lo que es lo mismo, vi que era mi ocasión para el *Átorni*, el juego de intentar neutralizar la animadversión contra el enemigo, el sano ejercicio de comprensión hacia el prójimo al que se tiene tirria. Esta vez, más que por la vía argumentativa, como con Sixto, por la sentimental.

Verle con la nieta me llevó en la imaginación a su infancia en su Vicolozano natal, de pequeño, chavalín, durante una Navidad esperanzada de cariño, durante una ceremonia escolar risueña, durante unas fiebres que acaso sufrió y que pintaron muy mal. Le veía cándido y alerta a lo que la vida le deparara. La infancia es una cosa en la que todos damos una pena insufrible. Bajo el influjo de su advocación todos nos sentimos reconducidos hacia la indulgencia. Que es de lo que se trata cuando se juega a *Átorni*.

La empatía se me pasó en seguida. Me duró lo que tardó en hacer otra de las suyas. Cuando bien pronto empezó a aburrirse, la pequeña Vaishali dio al abuelo con el juguete de la rueda. El hombre perdió los estribos, cruzó la cara a la nieta, todos llorando, alaridos muy ajenos al sosegado recogimiento abulense. Mosqueos irresolubles, caras largas y mañana nos volvemos para Canarias.

Otro *Átorni* que terminó abrupto y con sentencia de que no, de que al acusado no había por dónde exculparle. Enfadado contra todos, qué mal caía. Un día tenía que preguntarle que qué le pasaba. Preguntárselo con la determinación de que me lo contara de verdad.

Hasta entonces, cuánto mejor se estaba en la calle. Con el Bertrand, con mi Weimar, planeando cosas.

Habíamos subido los filmoides a YouTube desde el primero que acabamos. No llegábamos demasiado tarde a la plataforma. De modo que cuando se empezó a hablar de monetización ya habíamos colgado en la red bastantes de nuestras chuminadas.

Empezamos teniendo un público local coquetamente implicado, aunque en alguno de los casos no pudiera explicarme cómo a alguien le podía entretener tal pieza o tal otra.

La curva de visionados tiraba para arriba algunas veces. Pero casi ninguna se iba para abajo. Con lo chata que era, nos desconcertaba que creciera un milímetro de vez en cuando. Nuestra cifra de visitas se comportaba como la capa de polvo en un mueble: pasa inadvertida, hasta que miras y ves que hay. El volumen de entradas no era notable, ni mucho menos. Pero para quienes supusimos que el marcador iba a estar siempre chupando la moqueta, aquello nos parecía el chorro de un surtidor.

Pegamos un estirón exótico gracias a uno que se llamaba Kevin. Era alcalde de San Antonio, Texas. Como se apellidaba Avila, aunque sin tilde, el tío se topó con lo nuestro en YouTube mientras se buscaba a sí mismo. Hablaba castellano, como tantos paisanos suyos, y nos lo vio todo. Se sintió especialmente conmovido cuando por medio de nuestras piececitas se enteró de que el parque más importante de la ciudad de su apellido se llamaba San Antonio, como la ciudad de su gobernanza. Nos mencionó en un par de entrevistas en teles de Texas para investirse de pasado, herencia y raigambre, con percha en la medievalidad de muralla y catedral. Muchos hispanohablantes del estado ese suyo pincharon nuestros programas.

Metimos en cartera el vídeo que le hice a Pacomio. Toparse por casa con él cobró otro color, sabiendo yo (nunca él) que quizá en ese momento una familia de tejanos estaba echando el domingo viéndole en sus pantallas. Al hombre siempre le vino grande Madrid. Pero el estado de la estrella solitaria... Ese lo tenía colonizado.

La emisión desde 2013 de la serie de HBO *Sr. Ávila* también ayudó. La gente entraba en la maraña de la red, se hacía un lío entre los títulos y los lugares de rodaje y a veces algún despistado acababa metido en lo nuestro. Rodaron cuatro temporadas, no fueron pocas.

Nada valió para sacar mucho céntimo ni mucho nada, a ver si está pareciendo otra cosa. Pero nos iban viendo. Lo cual daba mucho gusto. Daba para ir tirando, con recursos crecientes y sobre todo, con entusiasmo creciente. Los recursos crecían muy, muy de a poco. El entusiasmo no crecía: se disparaba. Esto es un poco cursi, pero es que era así.

20

Durante el montaje de alguno de los filmoides, no recuerdo cuál, me llamó por teléfono un tal Goyo Seijas. Era un productor pequeño, radicado en La Coruña. Debía de haber sacado mi número de alguno de los cientos de currículums que tenía desperdigados como granos de polen por toda España. Quería preguntarme «una cosilla», como dijo textualmente. Sudé un poco, porque su llamada me sonó a que iba a ofrecerme algo con lo que volver al aroma de rodaje, tan sabroso.

Seijas tenía posibilidad de vender a una tele un proyecto al que venía dándole vueltas desde hacía tiempo. La idea genérica era rodar una serie de ficción dramática. Seis capítulos de cincuenta minutos cada uno, en torno a situaciones de peligro grupal: una comunidad rural luchando contra la plaga de topillos, una familia importunada por un inspector fiscal, un grupo de transportistas enfrentándose a la nevada. Yo seguía salivando.

Ya tenía dos guiones, escritos por dos de sus habituales. Le faltaban cuatro. Recibía docenas, pero ninguno le convencía. El tiempo se le echaba encima, porque varias empresas estaban presentando proyectos bien armados y sabía que, si se demoraba demasiado, el monto de ficción de la tele para ese ejercicio se lo iban a comer otros.

Estaba ya a punto de arrojarme a sus brazos para trabajar en lo que me mandara. Pero no. El de La Coruña no llamaba para ofrecerme nada. Me contó todo esto porque le habían dado muy, muy buenos informes de un guionista. Era Sixto. Seijas no conocía a nadie en Madrid a quien pedir una segunda opinión. Pero había visto en mi currículum que yo había estado en *Corolenda*. Sabía que Sixto también, y me llamaba para ver qué tal era.

Hice algunos comentarios genéricos sobre él. Alguna puya solté, pero leve. No es rentable hablar mal de nadie muy de sopetón, y menos con un total desconocido. Ya vería Seijas lo que tuviera que ver. Por lo que acababa de oír, a Sixto le avalaban opiniones muy favorables. Al parecer, al decir de terceros, el antes pipiolo Sixto había evolucionado para bien, era elogiado y estaba escribiendo cosas majas. Todos habíamos aprendido, él también. Con el calendario corriendo en su contra, lo mejor era que Seijas no diera por descartada ninguna candidatura. O al menos por mi culpa. Me agradeció la información y colgamos.

Dos semanas después recibí otra llamada suya. Estaba encantado con el guion de Sixto: *Gruta*. Sólo llevaba quince páginas leídas, pero le estaba gustando tanto que no había tenido más remedio que llamar a alguien (a mí) para compartir su alegría.

La historia comenzaba en una sala de prensa. Diez personas demacradas explicaban a los medios cómo había sido la experiencia traumática que acababan de vivir. *Flash back*. Todo empezó cuando el grupo emprendió una excursión de una semana durante la que recorrerían los paisajes agrestes de no importa qué sierra.

Durante la segunda jornada, y por una apuesta de gallitos orgullosos, deciden desviarse de la ruta marcada. Tras varias horas de marcha, uno de ellos encuentra una sugerente fisura entre las rocas. Por nuevo afán de absurda chulería, deciden entrar. Ante ellos se abre una cavidad que da paso a otras sucesivas. Van penetrando entre galerías y flipando con lo que ven. Cuando se quieren dar cuenta, están completamente perdidos en la profundidad de la tierra.

Sólo uno de los móviles que llevan tiene cobertura. Pero el propietario ha agotado la batería jugando a los marcianitos. Los extraviados confían en que sus familiares les echen en falta y emprendan su búsqueda. Hasta que caen en la cuenta de que, cuando eso ocurra, será por el área equivocada (el lugar al que los expedicionarios iban en principio).

No sé cómo lo contaba Sixto (la historia tampoco era nada del otro mundo). Pero Seijas estaba de verdad entusiasmado. Una de las secuencias la leyó mientras se lavaba la cabeza.

Durante ese día y el siguiente, recibí varias llamadas suyas. Todas sobre el mismo tema. Según él, *Gruta* avanzaba trenzando sucesos sin tregua, activando acumulativamente detalles que habían surgido tres, diez, veinte páginas atrás, generando intriga renovada. Jodiendo, jodiendo y jodiendo a una recua de atrapados a los que se les cerraban las salidas como nos las cierran a nosotros cada día del calendario. Problemas en torrente, dando en las cabezas de unos prendas con profesiones y cónyuges muy comunes, donde cada quien era un poco adiposo, un poco calvo, un poco narizón, un poco melladito. Y muy de hacer lo que puede en la vida. Es decir, chorreón de desastres vertidos sobre una colección de seres que son como nosotros. Cada vez que brotaba una posibilidad de salvación, esta se despeñaba por el barranco de la cruel realidad: la que marcaba un texto implacable, empeñado en amarrar a los personajes a la sepultura de la ratonera por efecto de una tracería narrativa y dramatúrgica admirable. El lector, sin embargo, sabía que los atrapados conseguían abandonar la cueva: la historia comenzaba con ellos relatando su desgracia. ¿Cómo lo han hecho?

Se acaban el agua, las cerillas y el alimento, que para liberar tensiones se montaron el primer día una guerra de comida.

Tres jornadas después, los famélicos cautivos se arrastran por el suelo buscando lo que fue munición, chupando el suelo como serpientes.

Uno que se rompe el fémur, dos que se pelean a pedradas, tres que encuentran tiempo para enrollarse abruptamente. Mil contratiempos, alguno de ellos definitivo (el del fémur se muere).

Hay uno joven que padece de claustrofobia. Les contagia a todos su mal. Se pasa hambre y sed (y un frío mortal). No hay sustos bobos con una alimaña que pega un chillido para acojonar por acojonar. De fondo, a lo lejos, la suave referencia latente a la crisis real que teníamos encima. Frente a ella, en la ficción, un colectivo humano intentando capear su fea situación.

El productor interrumpió la lectura a la caída de la tarde. Había quedado para cenar con una mujer que le gustaba sobremanera y con la que posiblemente dormiría esa noche por primera vez. Cuando en el taxi de ida se halló deseando que todo acabara pronto para volver a casa a seguir leyendo lo de Sixto, se dio cuenta de que era el sujeto activo de un milagro emocionante que nunca había sentido con tanta fuerza. Había encontrado oro en la obra de un guionista del que no tenía apenas referencias pero que lo estaba llevando por donde él, Seijas, quería ir. Por una gruta de intriga, emoción, trabajo bien hecho y muy posible financiación gorda en la tele.

Sixto había aprendido a hacer las cosas. Si él podía corregir rumbo, ¿por qué yo no? Ojalá me diera la misma maña que él. Fijarme, estudiar, mejorar. Arreglar mis asuntos. Vaya con Sixto.

Seijas devoraba *Gruta*. Yo no tuve el gusto, y no puedo opinar. Lo que sé es que al productor el libreto poco menos que le estaba cambiando la vida. Me contó que muchas veces pensaba clausurar su empresa por no aguantar las sinopsis y las literaturas que le enviaban con vistas a que las produjera. Que leer le costaba cada día más. Sin embargo, desde que abrió *Gruta*, se encontraba a sí mismo diciéndose que es que leer está bien. Mejor: que qué don de la vida es leer, esa grandeza. Docenas de millones de personas no saben que les encantaría leer. Que montar su empresa le había costado mucho mal trago, pero que la recompensa eran momentos como aquellos. «Amo este oficio», me dijo.

Al día siguiente Seijas no me llamó, ni al otro. Le llamé yo, intrigado por cómo salieron de la gruta los de *Gruta*. Me lo contó. Resulta que en el guion hay uno que tiene una idea. Agarra un cable de cobre, que no se sabe de dónde sale, y lo mete por la toma de batería del móvil muerto que sí ofrecía cobertura. Se saca del bolsillo un peine que lleva siempre en el bolsillo. Se lo frota en la manga del jersey, lo carga de electricidad estática y lo pega al cable. El móvil vuelve a la vida. Llaman a la policía e informan de su paradero. La policía toma nota y va y les saca del agujero. Anda a la mierda, hijo de putazo.

La cosa no para ahí. Porque encima es que el remamagüevos del jersey remata con un chiste: «*Siempre supe que las áridas clases de don Avelino, mi viejo profesor de física aplicada, valdrían algún día para algo*». *Todos ríen divertidos.*

—Hay una cosa —dijo Seijas— que no consigo entender de la conversación que tuvimos tú y yo el primer día.

—Qué.

—Que me recomendaras a este tío.

—¿Yo? No es posible. No hablé mal de él. Pero tampoco te lo recomendé.

—Cómo que no. Me dijiste que el tío era muy bueno para escribir guiones.

Era verdad. Se lo había dicho. Muy posiblemente, con esas mismas palabras.

—Ya lo creo que lo es. Para escribir guiones sobre él. Sólo hay que estar delante suyo y tomar notas. ¿Qué entendiste?

El Seijas me quería matar.

Acabó reuniendo los seis guiones (nada de grutas ni peines) pero el proyecto no le salió. Llevo años sospechando que quien le habló a Seijas maravillas de Sixto fue Guillermo, ocultando su apellido común. Quien sentía accesos de fraternidad y que no cejaba en su anhelo de hacer carrera de su hermano mayor.

Qué lejano me parecía todo.

21

Mientras Sixto se partía la cabeza intentando meterla, yo me rebozaba en Ávila. Se dice de ella que suena a desgana, a religiosidad careada y al olor paralizante de un armario de ropa retestinada. A conservadurismo medroso, a estarse mirando por una ventana, abrasado de tedio, a ver si el gato dice miau o no lo dice. Prima la imagen de la ciudad ensimismada en el tracto de los siglos, de silencio aterrorizador y de penitente aburrimiento.

Mi experiencia fue justo la contraria. Por lo que a mí me tocó, Ávila estaba entregada a desmentir ella sola las preconcepciones de la ciudad indolente, vegetativa y autótrofa. Al fin y al cabo, fue la que eligió Bertrand para vivir. A eso precisamente nos dedicábamos mientras llegaba la hora de Quebec.

Para ser ciudad Patrimonio de la Humanidad, a Ávila se llega poco. El extranjero tipo que viaja al centro de España aterriza en Madrid-Barajas. Emplea una jornada en conocer la capital. Otra, en visitar en línea Aranjuez y Toledo. Y otra, en ver en raya La Granja de San Ildefonso y Segovia. Ávila, un poco más alejada de Madrid que estas, ya queda retirada, y sin posta intermedia digna de parada. La plaza quedó esquinada como destino para los turoperadores.

Yo lo que vi es que la cohorte visitante, nunca muy profusa, ocupaba sólo el cogollo del bollo del meollo del centro histórico, y sólo durante los fines de semana. El resto de la ciudad, durante el largo resto del tiempo, quedaba a nuestra merced. Mucho sitio, que es lo que más sobra en aquella comarca del mundo, vaya fondo inagotable.

Apenas había nunca nadie por la calle. El espacio que abundaba a mares en la vía pública se me metía en la percepción. Al llegar a casa él me ensanchaba las estrecheces de la habitación, como si el vacío contemplado le prestara al cuartucho unos trozos del aire libre que traía yo agarrado a la vista. Pocos peatones, apenas coches. Pero tiendas abiertas, bares de desayuno, comida, merienda o cena, museos, parques, iglesias. Todo para mí, para el socio Bertrand, siempre preparados-listos-ya para tirarnos al callejeo, en un cuadrante de goceríos inundado por la escenografía que le diseñaron siglos y siglos de tallársela.

Piadosamente, Bertrand me pasaba de vez en cuando un poco de dinero, como un hermano mayor. Lo camuflaba encargándome cositinas chicas: rascarle el hollín de la chimenea, arreglarle la cisterna, pasarle la aspiradora al coche por dentro, recogerle paquetes en Correos. Me las pagaba con unas remuneraciones muy por encima de lo que marca el convenio colectivo del mozo de los recados.

Entre eso y lo que me seguía dando Pacomio; más el adelanto que me hacía a mí mismo sobre lo que iba a cobrar por el *spot* de Bertrand; entre mis tres hilillos financieros (lo de Weimar era tan poco que ni lo contaba), el bolsillo me sonaba una pizca cuando metía la mano.

No hay un producto que, siendo tan imprescindible, salga tan barato como la sal. Algo así pasaba con Ávila. Ella, tan gustosa y tan barata como la sal, rompía por la mitad los juicios sobre lo que cuestan las cosas en euros y lo que valen en realidad. Todo iba a unos precios competitivos que cuando competían ganaban olimpiadas. La ley de la oferta y la demanda se quedaba en mera recomendación jurídica orientativa.

Y yo, a hacer vida de provincias, por donde me llevara el tintineo de mis zapatitos contentos. Que si al teatro de calle un día, que si a mirar escaparates otro, que si al parque de San Antonio casi todos. Me creía que la gente estaría pensando que yo me había fugado de mi puesto de trabajo, o que era un merodeador con un delito recién perpetrado o por perpetrar. Notaba, o creía notar, miradas de recelo, a ver qué hace aquí este hombre hecho y derecho sentado en un banco y mirando a lontananza. Que la libertad es muy chocante, para los demás la ajena y más todavía para uno mismo la suya propia. Pero pronto se me pasaron los apuros. La gran parte de los sujetos con los que me cruzaba eran jubilados. Entendí, por sus ademanes amables, que preferían ver en mí savia nueva para hebra pegar, antes que sospechoso a vigilar. En realidad, la parroquia me miraba con pena porque me tomaban por parado. Es decir: como le pasaba a Bertrand. Nos íbamos pareciendo. Eso era que yo iba bien.

Empecé a notar que me había cambiado el aura. Por seguir imitando a Bertrand, a lo mejor me metía en el zaguán de un convento tenebroso a mirar el claustro. Todavía entonces me daba vergüenza, así que sólo asomaba la carita de a poco, con la timidez del intruso y de quien no sabe si está molestando. ¡Pero qué va! Salía pronta una monja, me percibía —digo yo— otra apostura, y hala, que si pase usted, que si cómo se llama, que si aunque no lo sepa, rezamos por usted. En las tiendas, lo mismo. En varias echaba un poco para atrás el careto de la esfinge del mostrador. Pero en seguida un «buenos días» sonaba rotundo. Se notaba el agradecimiento del tendero por la visita, su alivio por concitar clientela, su respiro por recabar compañía deseable en el local hueco. Y la amabilidad fluía como el chocolate caliente en una fuente. E igual en el ayuntamiento. Que bienvenido, que es un gusto que venga a contarnos sus problemas, que aquí en estas ciudades somos muy guardaditos para lo nuestro y al consistorio no viene nadie nunca a vernos.

Me impresionaba mucho tener la sensación de que el municipio era un bolso de mano que yo llevaba pegado al cuerpo, en vez de sentirme la monedita de diez céntimos o el boli sin capucha que se quedan perdidos al fondo del tal bolso. Era maravillosamente desconcertante saber dónde estaba todo, y vivir con la certeza de que la ciudad me tenía ubicado a mí más allá de que yo la tuviera ubicada a ella.

Aquella zona de mi vida fue la felicidad en bote. Estoy al tanto de que las gentes no estamos como para esperar demasiado de la existencia. Así que de palmarla hoy, ese tiempo fue tan bueno, equilibró tanto lo chungo anterior y lo chungo posterior, que me iría a la tierra a hacer humus con saldo positivo, tanto compensó. Con nota de 6,5 o 7. Que es aprobar (a más no aspiré nunca) con su poco de garbo.

Hasta al frío lo acabé dominando. En Ávila, como todo el mundo sabe, el aire está helado. También está muy limpio. Por eso te lo quieres meter muy adentro. El frío siempre quiere hacer daño. Pero, al ver que se desea el aire que lo lleva, siente cargo de conciencia, se desanima y prefiere irse. Por la cuestión de su limpieza, el frío de Ávila es inerme.

Pensaba a veces en cómo sería el pedrusco que resultara de congregar toda la polución que no estaba respirando en Madrid. Imaginaba un ladrillazo denso, duro, pesado, muy oscuro, metido en mis pulmones. Me lo sacaba del pecho y lo colocaba encima de una almena de la muralla, para que la obra ganara altura y defendiera más. Me iba dejándolo allí, y respirando hondo.

El agua salía disparada por toda la ciudad, en fuentes a litro limpio, como un caudal que se nos echara encima para infectarnos de salud. Y estaba la ribera del Adaja, repleta de vegetación, con la tierra tirándose pedos a través de los árboles. Entrar a la hendidura fluvial era como meterse en la ingle de alguien a boca abierta (de sorpresa y de hambre, para asombrarse y para chupar).

Ir por Ávila de noche era terrorífico. Que no sabía uno si el pavor que sentía era por las sombras, los ruiditos y el fantasmerío, o por no tener claro si sabría sobrellevar la belleza a escopetazos que se iba a tragar.

Ya se ve en todo lo relatado hasta aquí que la presencia del amor ha sido en mí una ausencia en regla. De joven, mi apego al orujo blanco espantaba a propias y a extrañas. Soy soso, y más bien tirando a *no bonito*, con unas orejas despegadas que parece que inventaron las gafas mirándome a mí las orejas. Sufro el aspecto neutro y regular (en eso me asimilaba al camuflado Bertrand) del que lo pasa mal comprando ropa y del que se corta el pelo para que no se le meta por los ojos, más que por ir guapo. Ya dejo claro en estas páginas, además, que no me expreso como un Demóstenes. Lo del amor no se me dio nunca bien.

Estaba como Astérix, a quien nunca le dibujaron una novia. En el porno me fijaba, sobre todo, en los besos y en las miradas. Una señal definitiva de melancolía preocupante.

Mi vida sexual quedaba circunscrita al pajerío, en mi caso lúgubre pero salvador a un mismo tiempo. El sexo se había convertido para mí en un acto unívoco, reflexivo (en sentido doble: hacia mí mismo y de mucho pensar), intimísimo a más no poder. Hasta el extremo chusco de que la presencia de alguien (una compañera sexual real, por ejemplo) me habría sobresaltado. Demasiada gente delante, menuda vergüenza.

La novedad llegó en Ávila, donde todo cambió radicalmente. Mutación asombrosa y repentina, para bien, que si no, no lo contaría. Me eché cinco novias. Que, puestas en mi desértica biografía amorosa, me parecían cincuenta. Todas me dejaron en seguida, pero como para encima pretender que me duraran.

Nada más aborrecible que el tiillo que farda de sus conquistas, que no es más que un pichurri que quiere que se le infieran las virtudes y los encantos que una supuesta mujer supuestamente valoró. Me preocupa quedar como un cretino al contar todo esto. Pero no puedo por menos que constatar el contrachasco que, en lo sentimental y en lo que sigue a lo sentimental, me llevé con Ávila, la pretendidamente estirada, seca y mustia.

No vengo a tirarme el pisto. Sólo vengo a plasmar mi perplejidad por el hecho de que el amor, la entremezcla cárnica y la aleación promiscua, vino a darse en un enclave menudito, provinciano, de demografía escueta y tradición cultural más religiosa que lúbrica. Vengo a avisar de que lo que al menos yo me encontré fue un recinto de lujuria. Que más rica sabía por cuanto se presuponía que la región, la demarcación o la urbe eran, al decir del tópico, de costumbres retraídas. Llegué al avilismo con toda clase de preconcepciones sobre la adustez secular. Pero no me encontré nada más que lo opuesto, yo qué le voy a hacer. Sería que del cuento de la Castilla eterna, santificadora y penitente estaban ya muchos abulenses hasta el pimpinchurrito, sea esto lo que sea.

Se me pusieron los afectos tumultuosos. El amor me despampanaba en la Ávila fructuosa, sensual y dadivosa. Era renovador tener entre los brazos a seres humanos de esa mecha, y nos contagiábamos las ganas de peripecias como una varicela infecciosota, colonial, saqueadora y hegemónica. «Amor, me efervesces.» «El aire que no te circunvala envidia al que sí.» «Te chirimío» (¿?). Besos como santas hostias, eso nos dábamos. Ninguna de mis novias era guapa. Mejor. Yo tampoco lo soy. Más puntos en común.

Me dio hasta para el inocente adulterio, una situación ingobernable de mucha confusión. Porque dos romances se me solaparon, una cosa inaudita, una acumulación inmanejable para quien trabajó su ineptitud durante dos décadas de nula práctica. Mientras duró, y cuando salía, me tenía que ir escondiendo por la muralla milenaria como un medieval. Ya un día me pillaron en la calle esa de los Telares, que iba con L. y apareció E. No supe qué hacer. Una vez se vieron juntas, las dos mujeres se rieron de mí. Que a ver a qué venían esos sonrojos si estaban las dos al tanto de todo, que para eso se conocían desde el colegio. Que qué me había creído. Que si me pensaba que se iban a liar a hostias, ultrajadísimas en sus sentimientos. En Madrid nunca me encontré esta soltura. Cómo me enamoré de las dos ese día, agradecido por el ridículo que me hicieron pasar.

Esa era la Ávila que yo me encontré: una estafa al revés, que vendía monacato y daba erotismo. Un timo que acababa bien, un fraude al contrario, en el que el engaño era para el jolgorio tras prometer abatimientos. Así como en la web de viajes garantizan transporte en autocar y luego toca pagar taxis a escote, así en Ávila me embaucaron, pero a favor: el prejuicio hacía prever cerrazón y vaya, en fin, nada de eso. Fue fantástico.

En 1913, el pintor italiano Guido Caprotti quedó retenido en Ávila de forma accidental. Fascinado por la ciudad, se estableció en ella, prácticamente para siempre. El Palacio de Superunda sirve de sede a la exposición permanente del artista. Allí me topé con *Aixa*, el retrato de cuerpo entero de una mujer desnuda que posa en la estancia de una casa de campo. Al fondo, a través de un ventanal abierto, se ve Ávila en su vertiente occidental.

Anda ya, me dije cuando vi el cuadro al poco de llegar desde Madrid. La lujuria y Ávila, no supe cómo casarlo. Meses más tarde, el cuadro de Caprotti era para mí la foto de carné de la ciudad. Piedra tridentina de fondo y feliz lascivia en primer término. Hubo veces que hasta me sentí tratado como carne. Ahora me gusta recordarlo, y se me revolucionan las enzimas y todo lo ribonucleico cuando lo rememoro. Conocí a mujeres que me utilizaron como un trasto. Cómo me enorgullece haber merecido ese estatus.

Y todo ello, en un escenario sensorial perfecto para el romanticismo (el ideal y el estético; el carnoso y el sentimental), para el gustoso rinconeo y para cotejar la blandura de las pieles con la dureza del granito zonal.

Sentía nostalgia de los días incluso minutos antes de que siguieran transcurriendo. «La nostalgia es añorar ratos tan gozosos como este de ahora mismo», me encontré un día escrito en una hoja. Era mi letra. Qué bien me lo estaba pasando.

Hace un mes escaso, no antes, caí en la cuenta de que, casi seguro, era Bertrand el que preparaba todo para que las mujeres me hicieran caso. Siempre eran amigas suyas, o conocidas, y tengo cada vez más claro que él mediaba porque me veía hambriento. Les hablaría de mí, metiéndoles hipérboles, inventando virtudes, soslayándome los defectos. Si no, a ver de qué. Bertrand era un rayo láser de esos que valen para todo, también para operar del corazón. Yo lo que sé es que a mí nunca me ha vuelto a ir tan bien con lo del amor. Qué casualidad.

22

Faltaba muy poco para el viaje a Quebec cuando me llamó Ramona. Me contó que había dejado Relatora, harta de caras ariscas. Había fichado por otra productora que le caía bastante mejor y en la que tenía un puesto de más responsabilidad y mejor remuneración. Sentí un orgullo inédito cuando noté que, con la expectativa canadiense, ya no se me hacía tan urgente la ayuda que siempre le pedía. Luego volví a la prudencia. Pensé que tras las dos semanas de anuncio las cosas se pondrían de nuevo en la precariedad habitual. Volví a mi puta canción solicitante. Otra vez me tragué la vergüenza, y con mi poco aplomo le recordé mi candidatura, por si les hacía falta un meritorio o algo así. Ella tomó nota, pero sin concretar nada. El disgusto por su indefinición se me pasó un poco cuando me contó sobre las nuevas andanzas de Sixto, por quien no decaía mi interés desbocado.

Me dio la primicia. Sixto no renunciaba a su vocación de trascendencia social. Todo lo que implicara amplificación entre las personas le seguía atrayendo. Se había pasado a la publicidad. Una agencia lo fichó como redactor creativo (lo que se llama un *copy*).

Me filtró un episodio que según mi confidente definía bien su forma de estar en la empresa. Al poco de entrar él, la agencia se había hecho con un encargo para un anuncio de leche en la tele. Sixto propuso rodar a un ganadero que estaba tan empeñado en cuidar a sus vacas que a una le limpiaba el culo después de cagar. El nuevo les empezó a parecer a todos un raro nada afable y un excéntrico un par de grados más allá de lo asumible. Los jefes descartaron la idea. Gesto tras el que, en publicidad, no hay más debate. Sixto en cambio insistió en su ocurrencia. Encastillado en su aportación, perdió los nervios, ofendió a Dios. Cada vez más desdibujado, a Sixto le estaba sentando mal él mismo.

Durante las siguientes tres semanas, siguió paseando su nave fuera de órbita, desbarrando en lo comunicológico y en lo grupal. Al fin lo echaron, no sé a causa de qué derrumbes provocados por qué dinamitazos.

En la empresa entonces, con Sixto ya fuera, hicieron algo a lo que ni ellos mismos supieron hallar precedente en la Historia Universal de las Agencias. Se les ocurrió contratar a un detective para que le siguiera. Para que lo observara, lo fotografiara y lo grabara en sus andanzas, para que recabara información sobre sus movimientos, opiniones, y relaciones. Para que hiciera informes con lo recopilado y que se los llevara. En la entidad, siempre a la caza de situaciones llamativas con los que nutrir sus *spots*, lo de un ojo siguiendo al involuntario concitador de escenas retorcidas era pura inversión.

El detective al que llamaron no entendía nada. No buscaban en el espiado sus gestos de delito, sus indicios de falta ni sus incumplimientos para con la cónyuge, el fisco o la salud pública. Sino que querían, sencillamente, al Sixto en su salsa, un manzámpulas superdotado adepto siempre al episodio chocante.

Contrataban a un sabueso por ansia psicoestética. No por calmar la sed de justicia sino la de arte. Siempre que veo un anuncio ingenioso me figuro que lo inspiró Sixto, sin saberlo, sólo yendo por la calle como una bomba de comicidad con patas. Reportado por un detective desconcertado que nunca entendió qué ilicitud le estaba buscando a su vigilado.

Metido hasta el cuello en el presente, las noticias sobre Sixto me parecían llegar de Saturno o de un sitio de esos raros. Porque por mi parte, yo ya miraba hacia el Atlántico.

Creo que empecé a hacer la maleta para Quebec el mismo día en el que Bertrand me lo propuso. A razón de un botón por día, pasé meses haciéndola. Me saqué un pasaporte, ensayé el inglés madrileñizado, me estudié Canadá como si me lo fuera a comprar. Me había perdido vacaciones con padres, acampadas con amigos y macrofestivales con novias. Me iba a resarcir viajando más lejos, para más diversión y en mejor compañía. Me iban a remunerar por desquitarme de todos los viajes que tenía que haber hecho y no hice. Los que hubiera querido hacer sin que nunca se diera la ocasión. Es que todo cuadraba.

A petición de Bertrand, la del teléfono de atención al cliente de las conservas se ofreció a cuidar a Pacomio durante mi ausencia. El 5 de diciembre de 2014 nos largamos. Yo, con mi indumentaria de siempre. Bertrand, con su ropa real, sin camuflaje de merodeador inadvertido. Unas prendas que no sé en qué tienda mágica del globo pudo adquirir, que daba gusto verlas. Primero fuimos a Madrid y luego a Quebec, en un viaje que nos ocupó todo el día. Íbamos en el avión haciendo la cuenta absurda de las palabras que llevábamos cruzadas en mil paliques profusos desde que nos conocimos. Nos salía una cifra en cadeneta que no cabía en la ventanita de la calculadora de la tableta.

Llegamos al hotelazo y salimos a dar una vuelta nocturna. Entramos en un bar. Me pareció que una ocasión tan inmensamente grande merecía un trago. Me prometí que sólo sería uno. Conseguimos explicarle al camarero canadiense la fórmula del *draguanja*. Me lo tomé. Me supo muy rico. Mantuve mi promesa, no iba a estropearlo todo por un poco de sed. Me quedé dormido en el bar, por tanto kilómetro y por tanta copa. Bertrand me despertó y me llevó al hotel. Seguí durmiendo.

A las tres de la mañana sonó el teléfono. Bertrand estaba hospitalizado. La policía había encontrado su cuerpo malherido junto a una iglesia que llaman de Saint-Fidèle. Había caído desde un vano de la torre.

Corrí al hospital. Estaban con él dos enfermeras y cuatro hombres y una mujer, de la productora. Por lo que imaginé, y por lo poco que me pudo contar por gestos, reconstruí lo que había ocurrido. Después de dejarme en la cama, Bertrand se había puesto a caminar con la obsesión por el paso que sentía desde siempre. Vio entreabierta la ventana averiada de la iglesia. Fiel a sus atracciones, le faltó tiempo para entrar, como entraba a todos los sitios donde no se debía. Le supongo curioseando feliz por el templo, escudriñándolo todo. Subió por la escalinata del campanario. Se asomó a una de las aberturas para ver la ciudad desde lo alto. Esta vez le fallaron las fuerzas, o el equilibrio, tras horas de avión. Y desde allí se precipitó, ocho metros abajo.

Estaba muy roto. Se quedó amodorrado. A los diez minutos abrió los ojos. Se puso muy serio, echó mano de la voz más grave que pudo sacar y dijo «*Rosebud*», para hacer la gracia. Y allí estábamos todos, rodeando la cama, riéndonos con él. Nadie sospechamos que el desenlace iba a ser el que fue. A la media hora, Bertrand murió.

Al día siguiente, uno de la productora me depositó en el aeropuerto. Con mi nula experiencia viajera, no sé ni cómo fui capaz de gestionar yo solo mi regreso a España. Me debió de embarcar en volandas la pena, que creo que el personal aéreo me franqueó todas las puertas por no conturbar a un tío que llevaba la cara tan arrasada de dolor. Fueron horas transatlánticas de mucho echar la pota, en sus al menos dos envites reglamentarios por sesión. El pasaje interpretó que me mareaba por la altura, por la turbulencia, por las cosas de la locomoción. Qué de bolsas gasté.

En Barajas se me olvidó retirar la maleta, que me llegó a casa una semana después. Me eché a andar campo a través, en lo que me debió de parecer dirección Ávila. Crucé a lo zombi criminales autovías de circunvalación. Me iba congratulando en mi delirio por haberme dejado la maleta en el aeropuerto y estar ahorrándome el peso.

En algún punto del extrarradio de mi ciudad de nacimiento me recogió en su coche un jubilado que se apiadó de mí. Me llevó hasta Ávila. Pasé todo el viaje convencido de que el vehículo era un taxi que me mandaba el infierno, sólo por el detalle marginal de que era de color blanco (el color de los taxis de Madrid).

Así comenzaron los que fueron de lejos los peores días que he pasado jamás, empapuzado en una consternación que me hizo hasta perder pelo.

Tuve un amigo a los ocho años. Se llamaba Ricar, yo le adoraba. Un día se le ocurrió meterse en el solar vacío de lo que fue la antigua estación de mercancías del Paseo Imperial, en Madrid. Le seguí. Nos pasamos tres horas felices, corriendo y brincando por el recinto abandonado. Llegué a casa lleno de barro. Al verme así, mi madre me recibió enfadadísima.

—¿Pero dónde te has metido?

—En un sitio que hay en el Paseo Imperial.

—¿Y por qué te metes ahí?

—Es que se metió Ricar.

—¿Y si Ricar se tira a un pozo tú te tiras?

Yo no lo recuerdo, pero me contaron que contesté así:

—Pues por supuesto.

No sé qué habrá sido de Ricar. Pero sí sé que Bertrand se me murió. Y que no estoy seguro de que lo haya superado ni siquiera hoy, con la de tiempo que ha pasado.

23

Un mes más tarde, yo seguía sin levantar cabeza. Estar en casa con Pacomio era torturante. Al paso que iba la cosa, me iba a tocar vivir con él hasta el día en el que Cristo fuera Madre. Insistía en salir conmigo. Como para salir estaba yo. A él le jodían fuertemente mis negativas.

—¡Soso! ¡Que yo cuando tenía tu edad estaba todo el día de juerga!

—Tú no has tenido mi edad en tu puta vida.

Poco antes de mi veintidós cumpleaños me llamó Ramona. Supuse que me llamaba para darme el parte con las aventuras del Sixto. Yo no estaba de ánimo para escuchar historietas. Me adelanté. Entré a la carga con la demanda de que necesitaba rodar, por si tenía algo en lo que pudiera entrar. De lo que tenía ganas era de hacer cualquier cosa que me quitara el dolor.

—Si hay algo ya te aviso, yo te aviso, si hay algo —dijo—. Pero oye. Que he visto en internet los vídeos esos que hacéis en Zamora, o en el sitio ese en el que estás.

Se me puso a hablar de los filmoides de Weimar. Bertrand se me aparecía hasta en boca de quien ni le conoció.

A otro, no sé. Pero a Ramona, las piecitas le habían hecho gracia, parece ser. Y luego pasó a contarme que en la productora en la que trabajaba tras dejar Relatora estaban buscando guiones de largometraje para producir unos pocos.

A mí qué me importaba. Empezaba a estar harto de que me tuviera al margen de sus rodajes. No entendía, me jodía mucho, que Ramona jamás me hubiera echado una mano, aunque sólo fuera por probar. Y más ahora, cuando en la nueva compañía tenía más campo para decidir.

—¿Por qué no escribes tú uno? —me dijo—. Igual les gusta a los productores.

O igual no. Pero y qué. Ramona siguió hablando.

—Iría en otro registro, distinto al de los vídeos vuestros. Sería para público *normal*, para festivales, para la tele. No es tu línea, ya sé. Pero estaba viendo las piecitas que hacéis y me encantaría leer cualquier cosa que escribieras.

Le dije que no, por incertidumbre insalvable. Luego que sí, porque me sentí halagado. Luego que no, por puro terror. Luego que sí, porque me dio la gana.

Me faltaba Bertrand. Para tantas cosas, y ahora también como motor de inspiración. Pero también era verdad que en Ávila me había inflado a ver películas, o en el cine o metido en mi habitación para evitar a Pacomio. Algo se me habría quedado. Animado, empecé. Había que llenar ciento diez páginas.

La primera hora de pensar era espantosa, todo dudas. La segunda ya no tanto, y las siguientes menos. Se me hacía de noche-día-noche, desayunaba cenando, merendaba durmiendo. El miedo con el que escribía, joder. Sabía maquetar un guion al modo profesional, que había estudiado mucho una copia del de *Corolenda* mientras la rodábamos. Pero de lo que me sentía profesional era del timazo. El novato cretino que va de experto, rellenando hojas. Paralizante fue caer en la cuenta, durante una mañana en la que iba con buena marcha de dedos, de que me estaba *sixtizando*. De que, como él, estaba invadiendo el país de un oficio ajeno y la nación de la suplantación, la impostura y la jetez. Por mi cara bonita, haciendo algo como un recién llegado que se cree muy listo. Sixto, el Sixto del otoño | invierno 2011 | 12.

Luego me dejaba de asociaciones de ideas y persistía en la tecla. Estaría bien que les gustara. Pero si no, si fracasaba, la vida no me cambiaba en nada. Fracasar es una experiencia *gourmet* al alcance de todos los bolsillos.

Lo que era imposible era escribir el guion con Pacomio encima, con sus chapas chapísimas, cubicándome y cuadrangulándome las pelotas. «Vamos a la calle, todo el día metido en tu cuarto, deja de escribir poesías, así te luce el pelo.» Cuando me lo cruzaba por la casa le rehuía con el truco de ponerme a hablar mientras emprendía la fuga, daba igual lo que soltara («A partir del lunes la bombona de butano va a ser lila claro porque congelan el IVA» «Hay que comprar una impresora que el vecino tiene una gotera de tinta verde y no quiere ir a tomar tarta más»). Para cuando acababa la salmodia, yo ya estaba metido en mi habitación a portátil abierto.

Cuando iba por la mitad del guion, Pacomio le cogió el gusto a instalarse en mi cuarto, a su tertulia infernal y a sus groseras recriminaciones. No tuve más remedio que trasladar mi cuartel general a la biblioteca de la plaza de la Feria. Pero no era lo mismo. Se trabajaba peor. Todo me distraía. Encontraba posibles filmoides en cada cosa que veía y oía. Y ahora la tarea era otra.

No fui a la biblioteca el día 20 de marzo de 2015, porque Pacomio se largó a la calle después de comer. A las seis de la tarde me pareció que regresaba. Recogí mis cosas para mudarme y salí al salón. No era Pacomio. Era un cuerpo inidentificable que revolvía en un cajón del aparador, entre el mantel bueno y la lata de fotografías viejas.

En esa casa estaban siempre entrando intrusos. Con el precedente del día en el que atrapé a Bertrand, golpeé al desconocido muy antes de calibrar su edad, sexo y complexión, curándome en salud, Lo derribé y fue al suelo, el que besaban los allanadores de la vivienda.

Ahí la vi. Era una señora como de setenta años, de cierta envergadura, espantada de miedo, joder, qué hace usted entrando aquí, otra con el truco del teclado de cuatro dígitos, perdóneme la hostia pero la culpa es suya.

La mujer entró en crisis. Su desconcierto superaba al mío, por lo que me dejé de reconvenciones. La senté en una butaca, le puse el té que sacaba en estas situaciones que ya eran costumbre y explicó su presencia allí. Había abierto con la clave de apertura correcta, que conocía perfectamente, tras mirar por las ventanas y comprobar que Pacomio no estaba en casa. Lo hacía una vez o dos cada año. Cuando tenía que recoger algo. Luego se identificó.

Era la mujer de Pacomio. La muerta, que no se había muerto. Adelina. En 2009, cuando el matrimonio llevaba dos años instalado en Ávila, la hasta entonces analfabeta aprendió a leer. A escondidas. Fue en el aula de educación de adultos de la biblioteca de la plaza de la Feria, a la que yo iba tanto. Ya dije que aquel era un lugar de beatitud. A Adelina se le abrió el mundo leyendo las cosas que ponía en los libros. ¡La de asuntos que traían! El pálpito de que estaba haciendo el ridículo viviendo al servicio del animaloide que tenía por marido pasó pronto a ser certeza. Empaquetó sus pertenencias y se volvió a Madrid, a casa de su hermana. A llevar la vida que no pudo llevar mientras vivió, precisamente, en Madrid.

Yo llevaba dos años preguntándome de dónde salía tanta aspereza y tanta bordería por parte de Pacomio. En fin. Vivía frustrado e iracundo por la fuga de su consorte. Pero también es que él se había ganado la evasión a pulso. Adelina había hecho muy bien yéndose, a ver si yo la imitaba. A Pacomio no le quedaba otra que comerse un malestar que se había trabajado a pico y pala.

Había que ver a Adelina cuando le dije que mis padres y yo la dábamos por muerta e incinerada. La mujer no sabía que Pacomio nos había metido una mentira mortal a los familiares más lejanos. Una trola que la depositaba a ella en el jarrón de las cenizas finales. Todo, por no pasarse el viejo el apuro de confesar a los menos allegados que la esposa había dimitido de tal. La hija de Las Palmas, ante mí, le siguió el juego a su padre cuando se vino de visita.

En esto llegó Pacomio, que venía de comprar unas pilas de las medianas. Y allí nos encontró, departiendo, a su paje y a su cónyuge de ultratumba. Nunca le vi así, lívido de deshonra, pillado en un embuste de ramificaciones infames. «¡Pero tú qué les has contado a estas personas!», gritaba Adelina aludiendo a mi sección familiar. Yo no sabía dónde meterme. Un manto de oprobio cayó sobre el salón como un inmenso loden-versión-capote. El pobre viejo boqueaba excusas ya grotescamente insostenibles, con que si Adelina era una prima segunda o con que si era una asistenta que venía a veces a limpiar.

La señora se fue de la casa, arrasada de muerte pregonada y vida recuperada, horrorizada con los infundios de quien fue su marido y con el bofetón y el té que le pegué y le serví, respectivamente. Se dejó encima de la butaca el taco de fotos suyas que quería llevarse a Madrid. Que a eso, a recogerlas, venía a Ávila.

Pacomio me evitaba desde entonces, presa de bochorno incontrovertible. Me dejó bastante en paz, agobiado de vergüenza. Fue mucho más fácil escribir el guion de Ramona sin su matraca. Volví a establecerme en mi habitación, pasando de la biblioteca. Entonces Ávila sí resplandeció como la ciudad de la serenidad profunda y de la paz mística de las que habla la publicidad turística.

Fui acabando el tocho, lo acabé. Lo imprimí y lo encuaderné en espiral, por aquella recomendación de convertirlo en objeto visible encima de una mesa. Pegué mis dos paginitas chivatas con un pegamento de barra, por lo que ya expliqué, y lo envié en un sobre de globitos adonde me dijo Ramona que lo enviara.

24

Conociendo la causa de sus aberraciones de conducta, la relación con Pacomio mejoró algo. Pasamos varias semanas así, sin rozar demasiado. Hasta que el 18 de junio me llamó Ramona.

—Mira, que quieren tu guion.

Yo no sé cómo, pero así fue. Qué bien, pensé yo. Qué, qué, qué bien[3].

—Pero hay una pega que igual te parece fatal. Si no aceptas, tengo instrucciones de no seguir adelante con la compra de los derechos.

Lo primero que me vino a la cabeza fueron los mareos que le endilgaban a Tiedra con *Corolenda*. Ahora Ramona empezaría a decirme que había que meter unas modificaciones ineludibles en el guion. Poner lo de arriba abajo y lo de abajo en medio. Automáticamente me dispuse a retirar mi texto. No porque creyera que mi historia era inmejorable, que ya ves. Sino porque no me veía capaz de tomar el papel de títere-titerecito al que vuelven loco con que si esto me lo quitas, esto me lo pones, esto me lo cambias, esto me lo mierda. No iba a saber cómo trabajar en esos términos. Y todo para acabar como el pobre Tiedra, amarillo, frito, rebanado.

—Qué hay que hacer.

—Quieren que no firmes tú el guion. Te quieren de *negro*.

El director era un tío con más nombre que ideas para guiones. Este mío le gustaba mucho. Él quería dirigir, y en la productora querían su fama. Él firmaría el guion, y la empresa enfocaría el proyecto como la obra de un artista global que atiende a cada faceta de su creación, y así.

A mí, figurar o no figurar en unos títulos de crédito a los que jamás supuse acceso me daba absolutamente igual. Hasta prefería que no. El dinero que me ofrecían me pareció una barbaridad. Mientras escribía el texto pensaba que, de darme algo, me iban a dar tanto. Pues resultó que no. Que era tanto y un cero más, otro cero a la derecha. El cero es la hache de las cifras. Pero cuánto suena el cabrón cuando se añade por estribor.

No había más que hablar. Adelante. Yo iba a ser guionista *negro*, qué mundo extraño.

En seguida, cada uno de los implicados nos pusimos de acuerdo en todos los extremos. Hubo cambios en el guion, pero a cargo de gente normal que actuaba con criterio. Mejoraron mucho mi texto, que buena falta le hacía. El director, un hombre que me cayó especialmente bien, dirigió. El productor, un audaz digno de tal nombre, produjo. Cada uno hicimos lo que nos tocaba, según lo convenido, sin intromisiones cerdas ni invasiones a deshora.

La película hizo mucho dinero. A mí tampoco me parece una maravilla, precisamente. Pero me hipnotiza verla. No por sus encantos, que no tengo del todo ubicados. Sino por el zafarrancho de sensaciones hermosas que se me estrujan en el cuerpo cuando la miro y pienso que se convirtieron en lucecitas y ruiditos de gran pantalla las chorradazas que se me ocurrieron en una casa lúgubre de Ávila, sin saber muy bien qué estaba haciendo, con un tío abuelo empanado y descorazonador dándome la brasa. Y más pasmado me quedo cuando pienso en que todo vino gracias a que un tío que brillaba se fijó un día por la calle en un loden-versión-capote. Un trozo de paño que lo llevó a mi casa para mi inmensa suerte. Le golpeé como saludo y nos pusimos a grabar unas bobadinas que llamábamos filmoides.

Se entenderá que no cuente de qué iba mi guion, ni cómo se titula. No puedo hacerlo. Tengo expresamente prohibido por contrato dar pistas sobre la verdadera autoría del texto. De este y de todos los que he escrito desde entonces. Porque luego he escrito bastantes más. Siempre sin mi firma. Algunos me han quedado medianos. Otros me convencen más, y han dado pie a películas que me gustan unas menos y otras mucho. Y así hasta hoy.

Tengo nombre y apellidos, como todo el mundo. Pero que se me disculpe si no los digo. Para un *negro*, todo lo que sea esconderse es bueno. Evita el riesgo de incumplir con las obligaciones contraídas en los papeles. Me han ofrecido en tres ocasiones escribir ya con mi nombre. He dicho que no. Igual para el próximo me animo. Siempre digo lo mismo y aquí sigo, de clandestino. Se está bien así, sin tener que salir a dar explicaciones ni a justificar nada.

Me pasa lo contrario que a Tiedra, pasándonos parecido. Él firmó una obra que no había hecho y yo no firmo obras que sí he hecho. La suerte que tengo es que lo mío responde a lo pactado mientras que lo suyo se lo sometieron siempre a incumplimiento flagrante. Cómo me acuerdo de Tiedra. Ojalá esté bien, esté donde esté.

En agosto de 2015, tras dos años y siete meses de estancia, me fui de Ávila. No sé si hice bien. Pero sin Bertrand ya no tenía sentido estar allí. O no tenía tanto. Me daban pena las paredes, los coches y las aceras. Hice bien yéndome. Vivo en Teruel, donde en 2011 pasé una semana que no olvido.

Pacomio y yo quedamos cortésmente como amigos, dentro de lo que cabe. Busqué en una agencia a quien me sustituyera para ocuparse de él. Elegí adrede al candidato que peor me cayó, porque sería el que mejor se acomodaría a él. En efecto, se llevan estupendamente.

La pega que tiene lo de escribir de *negro* (y de *blanco*) es que es una tarea muy solitaria. Hace ya años que volví a sentir hambres locas de rodaje (qué tontería, nunca me abandonaron). Le pedí a Ramona que me hiciera un hueco en el furor. De meritorio. Ya van seis veces que ella me concede el antojo. Me desplazo adonde sea la batalla y me pongo a las órdenes de quien toque. Madrugones, estrés de calidad, sofocos, estómago sufriente, olor a gasolina. Una gozada.

Lo mejor es localizar al Sixto de turno, que siempre lo hay. Pronto se entrevé a quienes están fritos con él (a veces más, a veces menos, a veces todos), sin necesidad de hablarlo. En connivencia alevosa con ellos, pues el sillín de su moto rajado, guarradas en su termo, una cocacola sobre el ordenador en el que está revolviendo el guion a su capricho. O mandarle a la mierda sin más, como pasó con el del último rodaje. El neo-Sixto se fue a producción a quejarse por las formas del meritorio ese que no estaba en edad para puestos de peonaje y que le había respondido mal. Le dijeron que había órdenes de arriba de que el meritorio en cuestión podía hacer lo que le diera la gana sin que nadie le tosiera.

25

2017 fue el año en el que más cerca estuvo Sixto de sentirse realizador. Unos amigos le invitaron a pasar un fin de semana navegando en un velero. Él agarró una cámara casera y se lanzó a rodar un vídeo documental sobre lo bonito de la vivencia oceánica. El resultante, que Sixto colgó en internet, fueron cincuenta minutos de una tabarra increíble. Pasma recordar a su autor teorizando grave en el rodaje de *Corolenda*, cuando daba claves sobre cómo debía ser una secuencia para que resultara divertida. Y ver luego el arca en el que depositó sus saberes, una plastez de bostezar a fosa abierta.

El vídeo coge algo de marcha cuando, hacia el final del suplicio, la embarcación se ve metida en mar picada y queda a la deriva. La tripulación lanza su aviso de socorro entre olas y espuma. Una lancha y un helicóptero de la autoridad portuaria se acercan a la zona del siniestro y con gran riesgo proceden a amarrar el velero. Luego se ve cómo el barco es arrastrado a puerto con un mástil desarbolado. Todo se ve desde el aire, gracias al helicóptero institucional que monitoriza la acción desde arriba. Salvamento Marítimo cedió los planos tras el rescate. Son los mejores del turrastre documental. Precisamente, los que no rodó el realizador de ocasión.

Un accidente siempre es narrativamente interesante. Pero la gracia va más allá: con el zozobrar de la nave, el filme deviene en un involuntario documental autobiográfico. Él figura trasuntado en barco, y su naufragio, no trasuntado en nada más que en eso, en su naufragio.

Durante el rodaje de *Corolenda*, Sixto repitió mucho eso de que «yo siempre digo que el cine es una cuestión de valentía». Un ejercicio de clase y un vídeo doméstico. Esa fue toda la valentía que pudo acopiar.

Sixto no se ha muerto, como auguró el veterano auxiliar de atrezo en su inspirada disertación a trompicones. Es peor: Sixto vive para asistir a sus accidentes continuos y cotidianos.

Me siento raro el día que no pienso en él, una enciclopedia antropológica de primer orden. Su gran sueño era llegar a lo de hacer películas. Muy encomiable, eso de perseguir los sueños. Pero es que él, cuanto más los perseguía más quedaba en evidencia. Sixto era el reverso satírico y desesperanzador del subgénero cinematográfico: «Lucha por tus ilusiones». Funcionando a su bola, deslegitimaba las narraciones bienintencionadas sobre personas que perseveran en sus anhelos. Su pugna por hacer realidad sus sueños parecía pelea contra sí mismo. E iba ganando, e iba perdiendo, e iba tablas, e iba muy mal. La demostración definitiva de que alguien merece los golpes es que esos golpes se los esté dando él mismo.

Cada vez se hizo más difícil seguirle la pista, porque nadie sabía nada de él. Para uno que aspiraba a dejar huella en su época con su saber y su pensamiento, pues vaya chasco. Ya ni Ramona me traía noticias suyas. Cómo echaba de menos sus hazañas.

En cambio, con el paso del tiempo y al ritmo de sus averiguaciones, Ramona sí iba explicándose lo que pasó por los conductos subterráneos de la película en la que nos habíamos conocido. Vale que Sixto era el hermano del productor, y que por eso lo metió en *Corolenda*. Pero siempre nos preguntamos por qué se toleró su estadía en el proyecto, si era como una tisis.

Es verdad que había precedentes lejanos en la infancia en común de los dos hermanos. Escarbando en reuniones familiares sixtino-guillérmicas, Ramona oyó ecos de una agresión que el pequeño le infligió al mayor en 1987. El padre de ambos conservaba en casa un estoque de toreo que había pertenecido a El Viti. Guillermo, jugando, le metió a su hermano el arma por cerca del omóplato, como si fuera un novillito en un lance taurino (por fortuna, mal ejecutado). El herido se recuperó, pero al productor no se le pasaba el cargo de conciencia. Se veía en deuda eterna con Sixto.

Algo de eso habría. Pero los motivos reales por los que Guillermo mantuvo siempre al hermano estoqueado al frente de *Corolenda* eran dos, como ya dije. Uno superficial y otro profundo.

El primero era que Guillermo ya tenía cerrado *Corolenda* con la tele que lo financiaba, con papeles firmados de por medio que le obligaban a acabarla en plazo. Fuera como fuera y quedara como quedara. Él iba a cobrar su parte a tanto alzado de todas formas, por lo que *Corolenda*, a la que Guillermo nunca vio alcance aunque los de la tele sí, no le provocaba ninguna expectativa. Dejó a su Delegado al timón y si la flauta quería sonar, que sonara. Él ya había cambiado de amigos y estaba decidido a centrarse en los otros dos proyectos que entonces tenía en cartera, que esos sí le motivaban de verdad.

La segunda explicación, la nuclear, era mucho más sencilla: Guillermo no tenía ni idea de cómo llevar una cosa como esta. Se veía guapo de productor, pero el don no le acompañaba. Hasta el punto de confiar en Sixto para hacerse cargo de un proyecto completo, por mucho que fuera su proyecto más prescindible.

El productor fue mostrando su incapacidad para manejarse. Ramona tenía el pálpito de que, después de lo de Bach, todos los empleados empezaron a parecerle a Guillermo unos soplapollas, y viceversa. Su participación en la financiación bachiana era mínima, pero eso de que le llamaran los holandeses para una liquidación de royalties o para invitarle a unos premios en La Haya, eso le debió de afectar.

Según se empezaron a marchar los que habían fraguado en la sombra sus éxitos iniciales, como Ramona; según los fue él despidiendo; según se indisponía con unos y con otros por su misma impericia para el trabajo como para el trato, a Guillermo se lo fue tragando la tierra como en arenas movedizas. Tampoco marcharon bien las otras dos producciones. Relatora Films se fue quedando en nada hasta la cerradumbre final. Lo del Johann Sebastian Bach senderista, eso acaso siga generando, pero a saber a quién.

En 2020, Televisión Española quiso programar un pase de *Corolenda* para su emisión. El departamento de compras no consiguió dar con el propietario legal de la película. La productora se había ido troceando, subdividiendo y diluyendo entre compañías participadas, empresas adjudicatarias y hostias matrices. Ya no se sabía de quién eran los derechos ni a quién había que llamar para acordar el trato. *Corolenda* nunca llegó a emitirse. Los técnicos de adquisiciones de TVE acabaron hartos de que los contactos que tenían para buscar al titular del filme los mandaran de un lado para otro como si fueran fichas de parchís. A *Corolenda* no la querían ni sus poseedores. La película, hoy en día, es prácticamente inencontrable.

26

Me puse a escribir todo esto mientras me retumbaba en la cabeza un concepto que manejan mis amigos guionistas: el de arco de transformación. Es esa curva de los relatos en virtud de la cual un sujeto, al transcurso de las escenas, retocado por sus experiencias, virando hacia la recapitulación de sí mismo, va y cambia. Oye, este Pacomio, aquel Sixto, de arco nada. Nada de nada. Ni arco ni dovela ni clave ni intradós ni trasdós. Nos transformábamos los que los mirábamos, no ellos. En este su público boquiabierto sí supongo arquería de toda tipología. Pero nunca en ellos dos.

De joven, yo me veía virtualmente muerto antes de los veinticinco años (o muerto en vida o muerto de enterrar). Como los he rebasado, me creo que me va medio bien. Parezco Astérix en la última viñeta. Con el bardo pelmazo Asurancetúrix (Sixto, Pacomio) amarrado a un árbol para que no dé la brasa con la lira. Como el galo pequeñito, yo no debo de dar impresión de que me importe mucho ir al infierno, incluso habiendo nacido en plazo, tiempo y forma.

Para mi sorpresa, algunas cosas en algunas ocasiones se me han puesto a favor, qué le voy a hacer. No sé por qué se ha dado así. Pero sospecho que ha sido porque siempre he tenido a Sixto y a Pacomio como modelos canónicos. Sólo que tomados a la media vuelta: han sido exponentes de cómo no hay que funcionar, de lo que no hay que hacer ni ser ni semejar. Siento, sin ironía, un hondo agradecimiento hacia ellos.

* * *

Hace dos semanas creí que la percepción me jugaba una mala pasada. Me pareció ver a Sixto en una esquina de la tele, durante un informativo. No llegué a más. Achaqué la visión a mi obsesión por él, acendrada por el largo tiempo que llevaba sin recibir noticias suyas. En eso me llamó Ramona. Que si estaba viendo el telediario, me preguntó. Comprendí que sí, que era a Sixto a quien había visto. Ramona me lo confirmó. Me puso en antecedentes. El titán había dejado el cine. Alegaba que «había mucho mamoneo». Bueno. Era su versión.

Pero él no cejaba en su voluntad de repercutir en la sociedad de su tiempo y de impactar en las mentes de sus coetáneos, empeño al que consagró su vida desde siempre. Encontró una casilla en la que aún le admitían. Un órgano social en el que le pasaron por alto que había sido incapaz de sacar ni para un chicle y en el que le recibieron con cordialidad. Cuando no le quedaba ya sitio donde fabricarse algo parecido a una vida, el Sixto que tentó suertes diversas para influir en la opinión colectiva dio con su lugar: halló nicho en la estructura gestora de una formación política ceñuda, mandona e irascible, muy profusa en himnos, grititos, consignas y épica. De las de más bandera que programa y más proclama que sesera.

Se ha abierto hueco en la escala alta del organigrama. En las próximas elecciones, de hecho, irá en listas. Mientras tanto, trabaja por su agrupación. Una de esas congregaciones que en tantas ocasiones arman sus cuadros con los rebotados de mil intentos fallidos, y a las que mayormente apoya la gente que ya no sabe dónde meterse para matar la tarde. Uno de esos partidos-escoba en los que tienden a recalar los torpones sin expectativas como él, y que van recogiendo para tropa de base a los rezagados que no saben que lo son. Una entidad respaldada por los que te amargaban la niñez mandando a Astérix a achicharrarse al infierno sólo por haber nacido a destiempo. E importunando de paso con sus mitos y sus supersticiones a todos, hubieran nacido antes o después. Un tostonazo de gente.

El nombre de Weimar me recordará siempre a la alegre compaña de la camarita volatinera y payasa. Ahora me suena más a esa república alemana de los años veinte del siglo pasado. La que pretendió un ensayo de normalidad en tiempos inciertos. La que desbarataron los exaltados a base de fantasmagorías y exageraciones.

Esta tarde he llamado a Pacomio por teléfono, que hablamos a veces. Ha salido el tema de la cosa política. Él se sintió imantado desde el principio por las propuestas de los de Sixto. En ellos encontró a unos individuos fiables, con visión, bien. Dice que parece mentira cómo todo lo que ha pensado siempre él se lo ha oído luego a los rectores de su partido favorito.

Cada vez que haya elecciones, mi tío abuelo dará su apoyo a la formación de sus ilusiones, sin dudarlo ni un momento y con toda convicción.

Pacomio y Sixto, un votante y un votado. Quizá ganen, quizá no. A ver qué pasa.

2022

